KB263214
스페인
바르셀로나
발렌시아
알리칸테
말라가
지브롤터 해협
탕헤르
카사블랑카
모로코
아가디르
쥐비곶(현 타르파야)
서사하라
시스네로스(현 다클라)
포르테티엔(현 누아디부)
모리타니
생루이
다카르
세네갈

남방 우편기

SOUTHERN MAIL

남방 우편기

SOUTHERN MAIL

앙투안 드 생텍쥐페리 지음 | 김지현 옮김

페리버튼

목차

1부	7
2부	41
3부	131
작가 연보	196

이것은 소설이라기보다 한 편의 증언이다.

_장 프레보*에게 보낸 편지에서

The SOUTHERN MAIL

1

―무전 통보. 6시 10분. 여기는 툴루즈. 각 기항지(寄港地)*에 알림. 프랑스발 남아메리카행 우편기(機)가 5시 45분 툴루즈를 출발.

물처럼 맑은 하늘이 별들을 흠뻑 적셔 내보냈다. 이윽고 밤이 찾아왔다. 달빛 아래로 사하라의 모래언덕이 하나하나 펼쳐졌다.

우리 이마 위를 비추는 램프 같은 그 빛은 사물의 형체를 그

---

* 연료 보급이나 우편·화물 하역, 승객 승하차 등을 위해 잠시 들르는 항구나 공항을 뜻한다.

대로 드러낸다기보다는 사물을 하나하나 만들어내면서 거기에 부드러움을 불어넣었다. 들릴 듯 말 듯한 소리를 내는 우리의 발 아래에는 모래가 사치스러울 만큼 두껍게 쌓여 있었다. 뜨겁게 짓누르던 태양에서 벗어난 우리는 모자를 쓰지 않은 채 걸음을 옮겼다. 밤은 우리가 평안히 머무는 곳이다…….

그러나 우리의 평안이 계속되리라고 어찌 믿겠는가? 무역풍이 남쪽으로 쉼 없이 불어댔다. 그 바람은 실크처럼 스르륵거리며 바닷가를 훑었다. 방향을 바꾸기도 하고 잦아들기도 하는 유럽의 바람과는 다르게, 그 바람은 달리는 특급열차에 맞부딪치듯 우리에게 휘몰아쳤다. 때때로 바람이 너무 세차게 불어닥치는 밤에는, 북쪽을 향한 채 바람에 몸을 내맡기고 있으면 알 수 없는 어딘가로 떠밀려 가거나 아예 바람을 거슬러 올라가는 느낌이 들었다. 바람은 얼마나 서둘렀는지, 또 우리는 얼마나 두려웠는지!

태양이 돌아와 다시 하루가 밝았다. 무어인*들은 별다른 소란을 피우지 않았다. 위험을 무릅쓰고 스페인 요새까지 접근한 그들은 소총을 장난감처럼 든 채 손시늉을 섞어가며 이야기하고 있었다. 그것이 무대 뒤에서 본 사하라였다. 불귀순(不歸順)

---

* 사하라 사막 서부, 모로코 지역에 분포하는 아랍계 유목 민족.

부족*마저 그들만의 신비로움을 잃어버린 채 단역 배우 몇 명만을 내보내는 곳.

우리는 좁은 공간에 모인 채 우리 자신의 가장 한정된 모습을 마주하며 살고 있었다. 그래서 우리는 사막에 고립되어 있다는 걸 인식하지 못했고, 훗날 집으로 돌아간 뒤에야 비로소 우리가 본국으로부터 얼마나 멀리 떨어져 있었는지 실감했다.**

우리는 500미터 밖으로는 웬만하면 넘어가지 않았다. 거기서부터 불귀순 지역***이 시작되었기 때문이다. 말하자면 우리는 무어인의 포로이자 우리 자신의 포로였던 셈이다. 우리와 가장 가까운 이웃이라고 해봐야 700킬로미터 떨어진 시스네로스****와 1000킬로미터 떨어진 포르테티엔*****에 있는 사람들이었고, 그

---

* 19세기 후반~20세기 중반 서사하라를 점령한 스페인에 복종하지 않고 저항하던 무어인 부족들을 가리킨다.

** 이 소설은 프랑스 툴루즈에서 출발해 스페인, 아프리카 북서부의 모로코, 세네갈 등을 거쳐 남아메리카로 우편기를 운항하는 조종사들의 이야기다. 현재 소설 속 화자는 우편기 기항지 중 하나인 쥐비곶에서 근무하고 있다.

*** 불귀순 부족들이 저항 활동을 하던 지역을 의미한다.

**** 아프리카 북서부 서사하라 해안에 자리한 도시. 과거 스페인령이었으며 현재 이름은 다클라.

***** 아프리카 북서부 모리타니의 도시로 서사하라와 국경을 맞대고 있다. 과거 프랑스령이었으며 현재 이름은 누아디부.

들 역시 암석에 박혀 있듯 사하라 사막에 붙잡혀 있었다. 그들과 우리는 같은 요새 주위를 공전하는 존재들이었다. 우리는 그들을 저마다의 별명과 버릇으로 알아볼 수 있었지만, 그들과 우리 사이에는 유인(有人) 행성 사이만큼이나 두터운 침묵이 놓여 있었다.

그날 아침, 세상이 우리를 위해 움직이기 시작했다. 드디어 무선사*가 우리에게 전보 한 통을 보내온 것이다. 모래 위에 덩그러니 세워진 두 개의 무선 송신탑이 일주일에 한 번씩 우리와 바깥세상을 이어주고 있었다.

— 프랑스발 아메리카행 우편기가 5시 45분 툴루즈 출발. 11시 10분 알리칸테** 통과.

우편기 노선의 시발점인 툴루즈에서 말하고 있었다. 저 멀리에 있는 신이 말하듯.

이 소식은 바르셀로나, 카사블랑카, 아가디르***를 거쳐 10분 만

---

* 공항·중간 기착지의 무선국에서 항공기 및 그 밖의 송신 시설과 교신하여 기상·항행 정보와 운항 지시를 송수신하는 전문 통신원.
** 스페인 남동부, 발렌시아 지방의 지중해 연안 항구 도시.
*** 모로코 남서부의 도시.

에 우리에게 도착했고, 이어 다카르*에 전달되었다. 그렇게 5000
킬로미터에 달하는 우편기 노선을 따라 각 비행장에 통보되었
다. 저녁 6시에 무전이 재개되자 이번에는 다음과 같은 통지가
전해졌다.

　—우편기가 21시 아가디르에 착륙 예정. 21시 30분 쥐비곶으
로 다시 출발, 그곳에서 미슐랭 조명탄**을 투하해 착륙할 예정.
쥐비곶 비행장에서는 평소대로 점등할 것. 아가디르와 계속 연
락을 유지할 것. 이상, 툴루즈에서 알림.

　우리는 사하라에 고립된 이곳 쥐비곶 관측소에서 그렇게 머
나먼 혜성 하나를 추적하고 있었다.
　저녁 6시경, 남쪽이 술렁였다.

　—여기는 다카르. 포르테티엔, 시스네로스, 쥐비에 알림. 우편
기 소식을 속히 전달 바람.

------

* 　세네갈의 수도. 아프리카 최서단의 베르데곶에 있다.

** 프랑스 미슐랭사가 제작·공급한 항공용 조명 로켓. 야간이나 사막의 임시 기착
　　지에서 착륙할 때, 활주로 위치를 밝히기 위해 사용되었다.

—여기는 쥐비. 시스네로스, 포르테티엔, 다카르에 알림. 11시 10분 알리칸테 통과 후로 우편기 소식 없음.

비행기 엔진 하나가 어디선가 굉음을 내고 있었다. 툴루즈에 서부터 세네갈까지, 사람들은 그 소리를 들으려 귀를 기울였다.

2

툴루즈, 5시 30분.

비 내리는 어둠 속, 공항 차량이 격납고 입구에 정확히 멈춰
선다. 500촉광 전구들이 진열장 조명처럼 사물들을 적나라하고
정확하게, 부드러움이라고는 없이 비추고 있다. 입에서 나오는
말 한마디 한마디가 둥근 천장 아래에서 울려 퍼지며 침묵을 뒤
덮는다.

번쩍거리는 금속판, 기름때 없는 엔진. 비행기는 마치 새것 같
다. 정비공들이 발명가 같은 손길로 섬세한 정밀기계를 만진다.
정비를 마친 그들이 기체에서 물러선다.

"서두릅시다, 여러분. 서두릅시다……."

우편물이 담긴 자루들이 비행기의 배 속으로 차례차례 들어

가 박힌다. 확인 작업이 빠르게 진행된다.

"부에노스아이레스…… 나탈…… 다카르…… 카사…… 다카르…… 서른아홉 자루. 맞습니까?"

"맞습니다."

조종사가 옷을 입는다. 스웨터, 머플러, 가죽 비행복, 모피 안감 부츠. 잠이 덜 깬 그의 몸이 무겁다. 누군가 그를 재촉한다. "얼른! 서두르자고……." 시계, 고도계, 지도 케이스를 양손 가득 들고, 두꺼운 장갑 속 손가락은 곱아 있는 채로 조종사는 둔하고 어설프게 조종석까지 기어 올라간다. 물 밖으로 나온 잠수부 같은 모양새다. 하지만 일단 자리를 잡고 나면 모든 게 편안해진다.

정비공 한 명이 그에게로 올라와 말한다.

"630킬로입니다."

"오케이. 탑승객은?"

"세 명입니다."

조종사는 돌아보지도 않은 채 탑승객 명단을 넘겨받는다.

비행장 주임이 정비공들 쪽으로 돌아서며 묻는다.

"엔진 덮개에 핀을 박은 사람이 누군가?"

"접니다."

"벌금 20프랑."

주임이 마지막 점검에 나선다. 모든 것이 완벽하게 정돈되고 발레 동작처럼 규칙에 딱딱 들어맞아야 한다. 격납고 안에서 정확히 제 위치를 지키고 선 비행기는 5분 뒤면 하늘에 있을 것이다. 이 비행은 배가 출항할 때처럼 빈틈없이 계산되었다. 엔진 덮개의 핀이 제대로 박혀 있지 않은 점은 명백한 잘못이다. 이렇게 500촉광짜리 전구와 면밀한 시선, 엄격함이 필요한 이유는 여러 기항지들을 거쳐 칠레 산티아고까지 날아가는 이번 비행을 우연이 아닌 탄도학(彈道學)*의 결실로 만들기 위해서다. 폭풍우나 안개, 토네이도가 몰아치고, 밸브 스프링이나 밸브 로커 등 부품에 예상치 못한 결함이 수없이 생기더라도, 이 비행기는 급행열차와 특급열차, 화물선과 증기선을 따라잡는 데에 그치지 않고 압도적으로 제칠 것이다! 그리고 기록적인 시간 내에 칠레 산티아고에 닿아야 한다.

"출발."

조종사 베르니스가 종이 한 장을 건네받는다. 전투를 위한 작전 계획서인 셈이다.

베르니스가 읽어 내려간다.

---

* 탄환이나 발사체의 궤적을 연구하는 학문.

"페르피냥*은 맑은 하늘에 바람 없음. 바르셀로나는 폭풍우. 알리칸테는……."

툴루즈, 5시 45분.

힘 좋은 비행기 바퀴가 고임목**을 짓누른다. 프로펠러 바람을 맞은 풀잎이 후방 20미터까지 너울거린다. 베르니스의 손목 움직임 한 번이 폭풍을 일으키기도 하고 멈추기도 한다.

회전하는 프로펠러가 점점 큰 소리를 내고, 그 소리는 고체처럼 빽빽하게 차올라 동체를 에워싼다. 조종사는 지금껏 충족되지 않았던 마음속 무언가가 채워짐을 느낀다. '그래, 이제 됐어.' 곧이어 빛을 등진 채 하늘을 향해 화포처럼 뻗어 있는 검은 엔진 덮개를 바라본다. 프로펠러 너머로 보이는 새벽 풍경이 흔들린다.

바람을 거스르며 천천히 비행기를 몰던 그는 스로틀 레버***를 몸 쪽으로 당긴다. 비행기가 프로펠러에 이끌려 거침없이 나아간다. 탄력 있는 대기를 내달리며 생긴 몇 번의 반동이 잦아들고

---

* 프랑스 남서부에 자리한 도시. 스페인 국경과 가깝다.

** 비행기 활주로에서 바퀴가 땅에 고정되지 않도록, 무게를 분산시키거나 바퀴를 받쳐주는 나무 블록.

*** 항공기 조종 장치 중 하나로, 엔진 출력을 조절하는 레버.

나니, 마침내 바퀴 아래 지면이 기계의 벨트처럼 팽팽하게 늘어나며 빛나는 듯 보인다. 처음에는 느껴지지 않던 공기가 액체처럼 느껴지다가 이제 고체로 변한 느낌이 들자, 조종사는 그것에 의지해 위로 올라간다.

활주로 가에 늘어선 나무들이 지평선을 내주며 사라져간다. 200미터 상공에도 장난감 같은 양 목장과 곧게 뻗은 나무들과 페인트칠을 한 집들이 여전히 내려다보이고, 숲도 두꺼운 털옷을 그대로 두르고 있다. 인간이 사는 대지다…….

베르니스는 자세를 편안히 잡고자 등의 기울기와 팔꿈치의 적절한 위치를 이리저리 찾아본다. 등 뒤로 펼쳐진, 툴루즈에 낮게 깔린 구름을 보니 기차역의 어두컴컴한 대합실이 떠오른다. 이제 그는 비행기를 억누르고 있던 손의 힘을 조금씩 빼면서, 비행기가 상승하도록 놓아준다. 그가 손목을 움직여 파동을 일으킬 때마다 그 파동이 그를 들어 올리고 그의 몸 안에서 물결처럼 퍼져나간다.

다섯 시간 뒤면 알리칸테, 오늘 저녁이면 아프리카에 닿는다. 베르니스는 생각에 잠긴다. 마음이 편안하다.

'다 정리한 거야…….'

그는 어제 야간 특급열차로 파리를 떠나왔다. 정말이지 이상한 휴가였다. 모호한 혼란으로 뒤얽힌 이번 휴가는 그에게 어렴풋한 기억으로 남아 있다. 시간이 한참 흐르고 나면 괴로워지겠지만, 지금은 자신과 무관하다는 듯 모든 것을 뒤로 미루고 있다. 그리하여 적어도 지금은 새벽이 밝아올 때 자신도 함께 태어나는 기분이고, 아침 일찍 일어나 새로운 하루를 건설하는 데 일조하는 느낌이 든다. 그는 생각한다.

'난 그저 한 일꾼일 뿐이다. 아프리카로 우편물을 배달하는 사람.'

세상을 건설하기 시작하는 노동자에게 세상은 매일 새로이 시작된다.

'다 정리했다고……'

그는 파리 아파트에서의 마지막 밤을 떠올린다. 책 더미 옆에 접어둔 신문들. 불태우거나 분류해놓은 편지들, 덮개를 씌운 가구들, 하나하나 확인하고 제자리에서 꺼내 한데 모아둔 물건들, 그리고 더는 의미 없는 마음속 동요를 떠올린다.

그는 여행이라도 떠나는 양 그다음 날을 위한 채비를 했다. 아메리카를 향해 떠나듯 길을 나섰다. 아직 마무리 짓지 못한 일들이 많았기에 그는 스스로에게 매여 있었다. 그런데 갑자기, 자유로워졌다. 자신이 그토록 얽매일 것 없고 그토록 덧없는 존재였다고 생각하니 두려운 마음마저 들었다.

비상 기항지인 카르카손[*]이 아래로 스쳐 지나간다.

고도 3000미터에서 보는 세상, 이 역시 얼마나 질서정연한지. 상자 속에 든 양 목장처럼 잘 정돈되어 있다. 집도, 운하도, 도로도 인간의 장난감 같다.

구획으로 나뉜 바둑판 모양 세상에는 밭마다 울타리가 처져 있고 정원마다 담장이 둘려 있다. 카르카손의 잡화점 여주인들은 저마다 자기 할머니의 삶을 되풀이하며 울타리 안에 갇힌 채 소박한 행복을 느낀다. 진열장 속에는 잘 정돈된 인간의 장난감들이 있다.

지나치게 드러내고 과도하게 펼쳐놓은 진열장 속 세상, 두루마리 지도 위에 질서정연하게 놓인 도시들. 느리게 움직이는 대지는 밀물과 썰물이 어김없이 왔다 가듯 그에게 이러한 세상을 어김없이 가져다준다.

그는 문득 혼자라는 생각에 빠져든다. 고도계 표시판 위에 햇빛이 닿아 반짝인다. 얼음 같은 태양은 빛을 내고 있다. 방향타를 한 번 조작하니 온 풍경이 바뀐다. 광물 같은 이 빛, 광물성을 드러내는 저 땅이 보인다. 살아 있는 존재들을 부드럽고 향기롭

---

[*] 프랑스 남부에 자리한 성벽 도시. 툴루즈에서 남동쪽으로 95킬로미터쯤 떨어져 있다.

게 만드는 것이 모조리 사라져버린다.

가죽옷 속에는 온기를 띤 연약한 육체, 베르니스가 있다. 그리고 이 두꺼운 장갑 속에는 주느비에브, 바로 그대의 얼굴을 어루만질 수 있었던 근사한 손이 들어 있다.

여기서부터는 스페인이다.

3

　자크 베르니스, 오늘 자네는 자신의 땅을 지나듯 편안하게 스페인을 지나갈 테지. 익숙한 광경들이 하나씩 펼쳐지겠지. 뇌우가 퍼부어도 자네는 여유롭게 헤쳐나갈 거야. 바르셀로나, 발렌시아*, 지브롤터**가 자네에게로 다가왔다 사라지겠지. 그래. 자네는 두루마리 지도를 펼쳐볼 테고 지나간 여정은 뒤쪽에 쌓이겠지. 나는 자네가 우편기를 처음 몰기 전날, 자네가 내디딘 첫걸음과 내가 건넨 마지막 조언을 기억하고 있네. 새벽녘에 자네는 사람들의 사연을 품에 안아야 했지. 연약한 두 팔로 말이야.

---

* 　스페인 동부, 지중해 연안에 위치한 주요 항구 도시.

** 　지중해와 대서양을 연결하는 전략적 요충지. 20세기 초 항공로에서 중요한 기항지였다.

외투 속에 보물을 품듯 그 사연들을 품고는 수많은 함정을 통과해 운반해야 했어. 사람들은 소중한 우편물, 목숨보다 소중한 우편물이라고 자네에게 말했지. 우편물은 아주 연약한 존재이기도 해. 자칫하면 화염 속에서 흩어져 바람에 실려가 버리니까. 자네의 그 우편기 데뷔 전날 밤이 기억나네.

"그러고 그다음엔?"

"그다음엔 페니스콜라*의 해변에 닿아야 하네. 어선들을 조심하고."

"그러면?"

"그러면 발렌시아까지 가는 동안 비상 착륙장이 잇따라 보일 거야. 내가 빨간 색연필로 표시해주겠네. 다른 방법이 없을 때는 메마른 강에 착륙하고."

초록색 전등갓 아래에 지도를 펼쳐두고 있자니 베르니스는 중학생 시절로 돌아간 기분이었다. 그런데 오늘 밤의 선생님은 땅 곳곳에 있는 생생한 비밀을 꺼내어 그에게 풀어놓고 있었다. 미지의 고장들은 더 이상 죽은 숫자들로 표시되지 않았다. 그곳들은 꽃이 핀 진짜 들판, 다시 말해 비행기를 몰 때 주의해야 할

---

* 스페인 동부 발렌시아 지방, 지중해 연안의 작은 항구 도시.

나무가 있는 들판을 보여주었으며, 모래가 있는 진짜 해변, 즉 저녁 무렵에 어부들이 있어 주의해야 할 해변을 보여주었다.

자크 베르니스, 자네는 이미 알고 있었어. 우리가 그라나다나 알메리아[*], 그곳에 있는 알람브라나 이슬람 사원에 관해서는 결코 알 수 없다는 걸, 그저 개울 하나와 오렌지 나무 한 그루, 그리고 그들의 소박한 비밀을 알게 되리라는 걸 말이야.

"내 말 잘 듣게. 날씨가 좋으면 이 지점은 곧장 통과해. 하지만 날씨가 나빠서 낮게 날게 되면 왼쪽으로 꺾어서 이 계곡으로 들어서야 하네."
"이 계곡으로 들어선다고."
"이 협로를 지나 한참을 날아가면, 바다가 나올 걸세."
"이 협로를 지나면 바다가 나오고."
"그리고 엔진이 부딪치지 않게 신경 쓰게. 우뚝 솟은 절벽에다 바위들까지 있으니까."
"엔진이 고장 나면?"
"요령껏 빠져나와야지."

---

[*] 스페인 남부 안달루시아 지방의 역사적 도시.

그런데 베르니스가 미소를 지었다. 이렇게 젊은 조종사들은 현실을 잘 모른다. 바위 하나가 새총에서 발사되듯 갑자기 날아와 그를 죽일 수도 있는 것이다. 아이가 뛰어올 때 한 손으로 아이의 이마만 막아도 아이를 넘어뜨릴 수 있는 것처럼…….

"아니, 그게 아니야! 요령껏 빠져나와야 한다고."

베르니스는 이러한 가르침을 받는 것이 자랑스러웠다. 어린 시절에 배운 『아이네이스』*에서는 자신을 죽지 않게 보호해줄 비결을 단 하나도 얻지 못했다. 스페인 지도 위를 짚던 선생님의 손가락은 수맥을 찾는 탐사가의 손가락이 아니었기에 보물도 함정도 찾아내지 못했고, 초원에 있는 양치기 소녀 하나조차 가리키지 못했다.

그런데 오늘, 저 램프 불에서 퍼져 나오는 기름 빛은 얼마나 부드러운가. 바다를 평온하게 잠재우는 기름막 같은 빛이다. 바깥에는 바람이 불고 있었다. 이 방은 마치 세상 속의 작고 외딴 섬에 자리한 선원들이 묵어가는 여인숙 같았다.

"포트와인 한 잔?"

"좋지……."

---

* 로마 시인 베르길리우스가 지은 장편 서사시. 트로이 영웅 아이네아스에 관한 이야기다.

조종사의 방은 언제 떠날지 모를 여인숙 같지. 자네는 거처를 다시 마련해야 하는 일이 많았어. 회사는 자네에게 전날 저녁에야 통보를 해주었지. "아무개 조종사는 세네갈에 배정…… 아무개는 미국으로……." 그러면 조종사는 그날 밤으로 맺고 있던 모든 관계를 끊고, 짐 상자에 못을 박고, 방에서 자기 자신과 사진과 책을 모두 치우고는 유령이 왔다 간 것보다도 흔적없이 떠나야 하지. 때로는 그날 밤으로 젊은 여인을 품고 있던 두 팔을 당장 풀고 여인이 제풀에 지치게끔 해야 했지. 여인들은 하나같이 고집을 부리니 설득하기보다는 스스로 단념하게 해야 해. 새벽 3시쯤 되면 이별을 받아들인 게 아니라 자기 슬픔에 굴복한 그 여인을 살며시 내려놓아 잠에 빠지도록 두고, 혼잣말을 하지. '눈물을 흘리는군. 이제 받아들인 모양이야.'

자크 베르니스, 그 후로 세상을 돌아다니면서 자네는 무엇을 배웠나? 비행기 조종술? 우리는 단단한 수정유리를 뚫고 천천히 나아가네. 그리고 차례차례 바뀌는 도시들의 실체를 알기 위해 그곳에 착륙해야 하지. 이제 자네는 알고 있겠지, 이 풍요로움은 잠시 주어졌다가 바닷물에 씻기듯 시간에 씻겨 사라질 뿐이라는 걸. 하지만 처음 몇 번의 비행을 마치고 돌아오면서, 자네는 스스로가 어떤 사람이 되었다고 생각했나? 어째서 자네 스스로를 소년 시절의 환영에 견주어보려 했을까? 자네는 첫 휴가를 받자마자 우리가 함께 다녔던 중학교로 나를 데려갔지. 아아, 베르니스, 나는 지금 여기 사하라에서 자네가 비행기를 몰고 이곳을 지나가기만을 간절히 기다리고 있다네. 그리고 우리가 중학생이던 어린 시절을 찾아갔던 그 기억을 침울하게 떠올려보고 있다네.

소나무 사이에 자리한 하얀 건물, 창문 하나에 불이 켜지고 이어서 다른 창문에 불이 켜졌지. 자네는 내게 말했어.

"저기, 우리가 처음으로 시를 썼던 교실이군……."

베르니스와 나는 아주 멀리 떠나 있다가 고향에 돌아온 참이었다. 우리의 무거운 외투가 세계를 누비며 다녔고 우리의 나그네 같은 영혼은 마음 한가운데서 깨어 있었다. 미지의 도시로 들어설 때면 우리는 입을 앙다물고 양손에 장갑을 끼며 단단히 채비했다. 수많은 사람이 쏟아지듯 밀려왔지만 우리와 부딪치진 않았다. 카사블랑카나 다카르 같은 익숙한 도시에서는 하얀 플란넬 바지와 테니스 셔츠를 입었다. 탕헤르*에서는 모자도 쓰지 않고 걸어 다녔다. 그 작고 나른한 도시에서는 보호 용품을 따로 챙길 필요가 없었으니까.

---

* 모로코 북부, 지브롤터 해협 입구 근처의 항구 도시.

우리는 남자다운 근육을 뽐내며 강건해져 돌아왔다. 우리는 투쟁하기도, 고통을 겪기도, 끝없는 대지를 가로지르기도 했으며, 몇몇 여인을 사랑하고 때로는 무턱대고 목숨을 하늘에 맡기기도 했다. 그 모든 것은 단지 우리의 어린 시절을 지배했던, 벌칙 과제와 방과 후 지도에 대한 두려움을 떨쳐버리기 위해서 그리고 토요일 저녁의 성적 발표 시간에 당당해지기 위해서였다.

중학교 현관 로비에서 속삭이는 소리가 들리더니 이내 서로를 부르는 소리가, 이어서 노인들이 허둥대는 소리가 들려왔다. 그들은 램프의 황금색 불빛을 온몸에 받으며 우리에게 다가왔다. 뺨은 양피지처럼 창백했지만 맑게 빛나는 눈에는 즐거움과 다정함이 어려 있었다. 보아하니 그들은 이미 우리가 다른 사람이 되었음을 알고 있었다. 졸업생들이란 무슨 복수라도 하듯 발을 쿵쿵거리며 모교를 찾아오곤 한다.

선생님들은 내가 세차게 악수해도, 자크 베르니스가 눈을 똑바로 쳐다봐도 놀라지 않았고, 곧장 우리를 어른처럼 대해주었다. 그리고 예전에는 우리에게 말도 꺼낸 적 없던 오래된 사모스 와인 한 병을 내오겠다며 서둘러 움직였다.

우리는 함께 저녁을 먹으려고 자리를 잡았다. 그들은 난롯가에 둘러앉은 농부들처럼 전등갓 아래 가까이 모여 앉았다. 우리는 그들이 약해졌음을 느낄 수 있었다.

그런 생각이 든 건 그들이 너그러워졌기 때문이다. 예전에는 게으름이 우리를 악하고 불행한 길로 이끌 거라더니, 이제 게으름은 어린 시절의 흠일 뿐이라며 웃어넘겼다. 또 자존심을 억눌러야 한다고 그렇게 열심히 우리를 인도하더니, 그날 저녁에는 자존심이란 고귀한 것이라며 치켜세웠다. 우리는 심지어 철학 선생님의 고백까지 들었다.

데카르트*는 어쩌면 선결문제 요구의 오류**에 근거해 이론 체계를 세웠을지 모른다는 것이었다. 파스칼*** …… 파스칼은 참혹하다고 했다. 그토록 노력하고도 인간의 자유라는 오래된 문제를 해결하지 못한 채 삶을 마감했으니 말이다. 그리고 우리가 결정론****과 이폴리트 텐의***** 이론에 빠져들지 않도록 온 힘을 다했던 철학 선생님이, 중학교를 졸업하는 아이들에게 인생에서 니체****** 만큼 고통을 주는 장애물은 없다고 말했던 그 선생님이, 우리에게 죄책감 섞인 감정을 고백했다. 니체…… 실은 니체 때

---

* 프랑스 철학자·수학자. 근대 철학의 아버지로 불린다.

** 논리적 오류의 하나로, 주장하려는 결론을 이미 전제 안에 포함시키는 논증.

*** 프랑스 수학자, 물리학자, 철학자, 신학자.

**** 모든 사건과 행동은 원인에 의해 필연적으로 결정된다는 철학적 입장.

***** 프랑스 철학자·역사학자. 인간의 사상·행동은 인종, 시대, 환경의 삼중 요인에 의해 결정된다고 봄.

****** 독일 철학자이자 문학적 사상가.

문에 혼란스러웠다고. 그리고 물질의 실재[*]…… 그것에 대해 더는 아는 바가 없어 불안하다고. 그러고 나서 그들은 우리에게 궁금한 점들을 물었다. 이 따뜻한 집을 떠나 인생의 거대한 폭풍 속으로 들어갔던 우리는 그들에게 대지 위의 실제 날씨가 어떤지 이야기해 주어야 했다. 한 여자를 사랑하는 남자는 정말로 피로스[**]처럼 그녀의 노예가 되는지, 아니면 네로 황제처럼 그녀의 사형 집행인이 되는지. 또 아프리카와 그곳의 황량함, 그곳의 푸른 하늘이 정말 지리 선생님의 가르침 그대로인지 등을 말이다.(그리고 타조가 자기를 보호하겠다고 정말 두 눈을 감아버리는지도.) 자크 베르니스는 커다란 비밀을 간직하고 있었기에 고개를 살짝 수그리고 있었다. 하지만 그들은 그의 비밀을 알아내고야 말았다.

그들은 베르니스에게서 비행기를 조종할 때의 짜릿함과 엔진의 굉음에 관해 듣고 싶어 했고, 자신들처럼 저녁에 장미 나무를 다듬는 것만으로는 우리가 충분한 행복을 느끼지 못하는지도 알고 싶어 했다. 이번에는 베르니스가 루크레티우스[***]나 전도서

---

[*] 데카르트, 스피노자 등 근대 철학자들이 논의한 주제.

[**] 그리스 신화 속 트로이 전쟁의 장군이자 아킬레우스의 아들.

[***] 고대 로마의 철학자 · 시인.

(傳道書)*에 관해 설명하고 조언할 차례였다. 적절한 기회를 보다가 베르니스는 비행기 고장으로 사막에 불시착했을 때 살아남으려면 식량과 물을 얼마나 가져가야 하는지 알려주었다. 그러고는 무어인들에게서 조종사를 구해내는 비결과 불이 났을 때 조종사를 구할 수 있는 반사행동 등에 관한 마지막 조언을 서둘러 전했다. 그러자 선생님들은 고개를 끄덕였다. 여전히 걱정하면서도 한편으로는 마음이 놓인 그들은 이렇게 새로운 인재들을 세상에 내보냈구나 하는 자부심을 드러냈다. 그들은 오래전부터 찬양하던 영웅들을 눈앞에서 보고 또 이렇게 이야기도 듣게 되었으니 이제는 죽어도 여한이 없다고 했다. 그리고 줄리어스 시저의 어린 시절 이야기도 꺼냈다.

하지만 우리는 그들이 침울해질까 봐 걱정스러웠기에, 무의미한 비행을 마친 후에 느끼는 환멸과 쓸쓸한 휴식에 관해서도 이야기했다. 나이가 가장 많은 선생님이 상념에 잠기자 마음이 아파진 우리는, 유일한 진리는 책에서 얻는 평안이 아니겠느냐고 말했다. 그러나 선생님들은 그 점을 이미 알고 있었다. 사람들에게 역사를 가르쳤던 분들인 만큼 그들은 지나치리만큼 잘 알고 있다.

---

* 히브리어 성경에 속하는 문서. 인생의 허무와 삶의 의미 탐색을 주제로 함.

“왜 고향으로 돌아왔나?”

베르니스는 대답하지 않았지만, 연륜 있는 선생님들은 그의 심정을 알고 있었다. 그들은 눈을 찡긋거리며 생각했다.

사랑 때문이겠지…….

4

하늘에서 내려다본 대지는 벌거벗은 채 죽어 있는 모습이었다. 하지만 비행기가 하강하면 대지는 옷을 걸친다. 숲이 대지를 다시 덮어주고, 골짜기와 언덕이 대지에 넘실거림을 새겨 넣는다. 그렇게 대지가 숨을 쉰다. 산 위를 날아갈 때면 누워 있는 거인의 가슴 같은 산이 비행기에 거의 닿을 듯 부풀어 오른다.

이제 가까워진 세상이 다리 밑을 흐르는 급류처럼 점점 빠르게 지나간다. 하나였던 세상이 산산이 흩어진다. 나무도 집도 마을도 잔잔한 지평선에서 떨어져 나와, 비행기 뒤로 정처 없이 날아간다.

알리칸테 착륙장이 높이 솟아오르더니 위아래로 흔들리다 제자리를 찾는다. 땅을 살짝 건드린 바퀴는 압연기가 내리누르듯 땅에 가까이 다가붙더니, 땅을 날카롭게 긁는다…….

베르니스가 비행기에서 내린다. 두 다리가 무겁다. 잠시 두 눈을 감는다. 머릿속은 여전히 엔진의 굉음과 생생한 이미지들로 가득하고, 팔다리에서는 아직도 기체의 진동이 고스란히 느껴진다. 그는 사무실로 들어가 느릿느릿 자리에 앉는다. 팔꿈치로 잉크병과 책 몇 권을 밀어내고는 612호 항공기 일지를 끌어당긴다.

툴루즈–알리칸테: 비행시간 5시간 15분.

그는 피로와 몽상에 짓눌려 하던 일을 잠시 멈춘다. 어렴풋이 소음이 들려온다. 수다스러운 여인이 목청을 높인다. 포드 자동차 운전사가 문을 열고 사과하며 미소를 짓는다. 베르니스는 저 벽들과 문을, 실물 크기로 보이는 운전사를 진지하게 쳐다본다. 그리고 10분 동안, 이해할 수 없는 대화와 끝났다가 시작되었다가 하는 몸짓에 섞여든다. 그 광경은 비현실적이다. 하지만 문 앞에 선 나무는 30년 전부터 저곳에 있었다. 30년 동안 저 모습이다.

엔진: 이상 없음.

그는 펜을 내려놓으며 생각한다. '졸려서 그래.' 관자놀이를 지끈거리게 하는 몽상이 다시 찾아온다.

또렷한 풍경 위로 내리쬐는 호박색 빛줄기. 잘 다듬어진 들판과 초원. 오른쪽에 자리 잡은 마을 하나와 왼쪽에 있는 양 몇 마리, 그리고 둥근 천장처럼 이들을 둘러싼 푸른 하늘. 베르니스는 생각한다.

'저건 한 채의 집이잖아.'

저 풍경과 하늘과 대지가 집처럼 지어졌다는 생각이 갑자기 명확하게 들었던 일이 기억난다. 친근하고 잘 정돈된 집. 모든 것이 질서정연하게 자리 잡은 곳. 하나로 화합한 그 정경에는 어떤 위협도 균열도 없었고, 마치 자신도 그 풍경 속에 들어가 있는 것 같았다.

노부인들이 거실 창가에서 시간을 초월하는 영원을 느끼는 것도 이와 마찬가지일 테다. 잔디밭은 싱그럽고, 정원사는 한가로이 꽃에 물을 준다. 노부인들은 정원사의 듬직한 뒷모습을 눈으로 좇는다. 반들반들한 마룻바닥에서 올라오는 왁스 냄새에 만족감이 든다. 정돈된 집 안 분위기가 온화하다. 바람과 햇볕과 겨우 장미 몇 송이 꺾일 정도의 소나기를 이끌고 하루가 지나 간다.

"시간이 됐군. 안녕히."

베르니스는 다음 기항지로 출발한다.

폭풍우 속으로 들어간다. 철거업자가 곡괭이질을 하듯 폭풍 우가 비행기를 내리친다. 전에도 겪어봤으니 이번에도 헤쳐나갈 것이다. 베르니스의 머릿속에는 비행기를 몰아야 한다는 원초적 인 생각뿐이다. 이 산속, 내리치는 회오리바람이 덮쳐오고 돌풍 섞인 비가 억수같이 쏟아져 한밤중처럼 컴컴한 이 산속에서 빠 져나가야 한다는 생각이다. 이 벽을 뛰어넘어 바다에 이르러야 한다는 생각.

덜컹! 충격이 전해진다. 어디가 부서졌나? 갑자기 비행기가 왼쪽으로 기운다. 베르니스는 한 손으로 비행기를 붙들다가 이 어 두 손으로, 그다음에는 온몸으로 붙잡고 버틴다.

'젠장!'

기체가 땅으로 곤두박질치기 시작한다. 이제 끝장이다. 1초만 더 있으면 이 뒤엎어진 공간에서, 이제 겨우 이해하기 시작한 이 집에서 영원히 쫓겨날 것이다. 벌판과 숲과 마을이 빙글빙글 돌 며 그를 향해 솟아오를 것이다. 눈앞에 연기가 보인다. 소용돌이

치며 피어오르는 연기, 또 연기! 양 떼가 하늘 여기저기에 굴러 다니는 것 같다…….

'아! 정말 두려웠다…….'

발길질을 하니 걸려 있던 조종 케이블 하나가 풀린다. 그래서 조종 장치가 꼼짝도 안 했던 것이다. 뭐지? 누가 일부러 이렇게 해놨나? 그럴 리가. 어떻든 간에 별일 아니다. 발길질 한 번에 세상이 제 위치로 돌아왔으니. 이런 모험이 있나!

모험? 이 순간 남은 거라곤 입안의 살점에서 느껴지는 신맛뿐이다. 아! 하지만 그 순간에 균열을 얼핏 보았다! 거기서는 모든 것이 눈속임에 지나지 않았다. 도로도, 운하도, 집도, 인간의 장난감이니 하는 것들도 다……!

지나간 일이다. 다 끝났다. 이곳 하늘은 맑다. 일기예보에서 '하늘의 4분의 1 정도에는 새털구름이 끼겠음'이라고 알려줬었다. 일기예보나 등압선이나 보르옌손 교수의 '구름 분류 체계'로 표현하기에는 부족하다. 그보다는 국경일의 날씨다. 그래, 7월 14일*의 날씨. '말라가에서는 축제 같은 날씨를 보이겠음!'이라고 말하는 게 나았겠다. 이곳 주민들은 저마다 머리 위로 1만 미터 높이의 청량한 하늘을 갖고 있다. 새털구름까지 닿는 하늘.

---

* 프랑스 혁명기념일.

그 어떤 수족관도 이토록 빛나고 광활했던 적은 없다. 만에서 요트 경기가 펼쳐지는 오후처럼 푸른 하늘, 푸른 바다, 선장의 푸른 옷깃과 푸른 눈동자와 빛나는 휴가가 느껴지는 날씨다.

이제 끝났다. 3만 통의 편지가 폭풍우를 무사히 통과했다.

회사에서는 늘 '소중한 우편물, 목숨보다 소중한 우편물'이라고 설교하곤 했다. 그렇다. 3만 명의 연인을 살아가게 해주는……. 연인들이여, 조금만 기다려주길! 불타는 저녁노을을 헤치고 그대들에게 닿을 테니. 베르니스의 뒤로는 회오리바람이 만든 거대한 통 속에서 짙은 구름이 뒤섞여 돌고 있다. 그의 앞으로는 햇살을 품은 대지가, 밝은 색 옷감을 걸친 초원이, 양털 같은 숲이, 주름진 베일 같은 바다가 펼쳐져 있다.

지브롤터 상공에 닿으면 밤이 올 것이다. 탕헤르를 향해 왼쪽으로 선회하면 베르니스는 유럽에서 벗어날 것이다. 정처 없이 떠다니는 거대한 빙원(氷原)* 같은 유럽에서…….

그곳에서부터 갈색 대지를 머금은 도시 몇 개를 지나면 그다음은 아프리카다. 그리고 검은 반죽을 머금은 도시 몇 개를 더 지나면 사하라 사막이 나타난다. 베르니스는 오늘 밤, 대지가 옷을 벗는 모습을 목도하게 되리라.

---

* 얼음으로 덮인 넓은 평원.

베르니스는 지쳐 있다. 두 달 전에 그는 그가 오래전부터 마음을 키워왔던 대상, 주느비에브를 갖기 위해 파리로 갔었다. 그러나 결국 실패하고 모든 것을 정리한 뒤 어제 회사로 돌아왔다. 멀어져가는 저 들녘과 도시들과 불빛들, 그것들을 저버린 것은 바로 베르니스 자신이었다. 그가 벗어던진 것이다. 한 시간 뒤면 탕헤르의 등대가 불을 밝힐 것이다. 자크 베르니스는 탕헤르의 등대에 닿을 때까지 추억을 곱씹을 것이다.

2부

The

SOUTHERN

MAIL

1

시간을 거슬러 지난 두 달간의 이야기를 해야겠다. 그러지 않는다면 그 시간에서 무엇이 남을까? 마치 호수 속 물결이 다시 고요해지듯, 이제는 사라져버린 주느비에브와 베르니스로 인해 힘들었던 내 마음의 물결과 동심원은 서서히 잦아들 것이다. 그리고 처음에는 강렬했던 그 감정이 점점 누그러져 부드러워질 때, 비로소 세상이 다시 안전하고 평온하게 느껴질 것이다. 주느비에브와 베르니스에 대한 추억은 나를 고통스럽게 했지만 이제는 회한의 감정을 추스른 채로 산책할 수 있지 않을까?

두 달 전 베르니스는 파리로 갔다. 어떤 도시를 오래 떠나 있다 다시 돌아가면 제자리를 찾지 못한 채 거추장스러운 존재가 되는 법이다. 그는 그저 좀약 냄새 풍기는 재킷을 걸친 자크 베르니스에 지나지 않았다. 그는 방 한구석에 지나치게 가지런히 놓인 여행가방을 보며 불안정하고 임시적인 무언가를 느꼈다. 방은 아직 흰 천이나 책들이 놓여 있지 않아, 새로 시작될 준비만 된 상태였다.

"여보세요…… 나일세."

그는 친구들에게 전화를 돌려 우정을 점검해본다. 그들은 환호하며 축하를 건넨다.

"이게 얼마 만인가! 브라보!"

"그러게! 언제 볼 수 있나?"

그런데 오늘 친구들은 시간이 없다. 내일? 내일은 골프를 치러 간다. 베르니스도 그곳에 함께 가면 될 것이지만 베르니스는 그곳에 가기 싫다. 그들은 모레, 저녁이나 같이 먹기로 한다. 8시 정각에.

베르니스는 무거운 발걸음으로 댄스홀에 들어선다. 제비족들 사이에서 그는 탐험가의 옷이라도 되는 것처럼 외투를 벗지 않고 있다. 그들은 마치 수족관 속 모샘치 무리처럼 이 댄스홀 안에서 밤을 보내고, 여자들에게 달콤한 말을 속삭이고, 춤을 추다가, 다시 술을 마신다. 이 몽롱한 분위기에서 혼자만 정신이 말짱한 베르니스는 몸이 짐꾼처럼 무겁다고 느끼며 다리에 똑바로 힘을 주고 서 있다. 머릿속이 답답하다. 테이블 사이를 지나 빈자리로 향한다. 그와 눈이 마주친 여인들이 시선을 피한다. 그녀들의 눈에서 불이 꺼지는 것 같다. 젊은이들이 그가 지나가도록 순순히 길을 비켜준다. 밤에 순찰 장교가 다가오면 보초 서는 병사들의 손가락에서 담배가 떨어지는 모습과 비슷하다.

우리는 브르타뉴 선원들이 그림엽서 같은 마을과 돌아온 지 얼마 안 된 너무나 충실했던 약혼녀를 다시 발견하듯 이 세상을 매번 재발견했다. 어린 시절 읽은 책에 박혀 있는 삽화처럼 언제나 그대로였다. 모든 것이 제자리에 완벽하게 잘 놓여 있고 운명에 따라 정확히 흘러가는 것을 보면서, 우리는 무언가 알 수 없는 두려움을 느꼈다. 베르니스가 한 친구의 소식을 물으면 이런 대답이 돌아왔다.

"그래. 똑같아. 사업은 잘 안 되는 모양이고. 알잖아…… 사는 게 그렇지."

모두가 자기 자신의 포로가 되어 알 수 없는 속박에 묶여 있었다. 방랑자이면서 가엾은 어린애이자 마술사인 베르니스와는 영 딴판이었다.

두 번의 겨울과 두 번의 여름이 지났지만 친구들의 얼굴은 그리 지쳐 보이지도, 야위지도 않았다. 베르니스는 바 한구석에 있는 여자의 얼굴도 알아보았다. 그렇게 웃어주고 있으면서도 지친 기색이 별로 없는 바텐더도 그대로였다. 그는 바텐더가 자신을 알아볼까 겁이 났다. 자신을 부르는 바텐더의 목소리가 자기 안에 있는 죽은 베르니스, 날개 없는 베르니스, 도망치지 못한 베르니스를 되살릴 것만 같아서.

고국으로 돌아오는 동안, 베르니스의 주변으로 감옥이 세워지듯 하나의 풍경이 조금씩 조금씩 만들어졌다. 사하라 사막의 모래와 스페인의 바위는 무대의상이 벗겨지듯, 곧 나타날 실제 풍경에서 서서히 멀어졌다. 마침내 국경을 넘자 페르피냥이 평원을 펼쳐 보였다. 아직 다 저물지 않은 태양이 평야에 기다란 빛을 비스듬히 드리웠다. 황금빛 외투가 시시각각 닳아 해어지고, 풀밭 여기저기를 덮던 빛은 옅어지고 투명해지다가 증발해 사라졌다. 그러자 푸른 대기 아래로 어둑하고 부드러운 암녹색 습지가 보였다. 저 고요한 바닥. 베르니스는 엔진 속도를 줄이고, 바다 밑바닥을 향해 잠수하듯 아래로 내려갔다. 모든 것이 잠잠히 쉬고 있는 곳, 모든 것이 벽이 서 있듯 명백하게 그리고 지속해서 존재하는 곳으로.

베르니스는 자동차를 타고 공항에서 역으로 향했다. 그의 맞은편에는 무표정하고 무뚝뚝한 얼굴들이 보였다. 각자의 운명을 새긴 채 무릎 위에 그토록 무겁게 내려앉아 쉬고 있던 그 손들, 밭에서 돌아오는 길에 그를 스쳐 지나간 농부들, 자기 집 문 앞에서 수십만 명 가운데 한 남자를 기다렸지만 이미 수십만 가지 희망을 포기한 아가씨, 아이의 포로가 되어 달아날 수 없게 된 채 아이를 흔들어 재우던 어머니가 보였다.

그간 사물들의 은밀한 모습을 직접 마주해 왔던 베르니스는 주머니에 손을 찔러 넣은 채 여행가방도 없이, 정기항로 조종사의 귀향길답게 지극히 스스럼없는 모습으로 고국에 돌아왔다. 담 하나를 손보거나 밭 한 구획을 늘릴라치면 20년은 족히 걸리는 불변의 세상, 파리로 돌아온 것이다.

아프리카에서 그는 해수면처럼 끊임없이 변화하고 움직이는 풍경을 보면서 2년을 보냈다. 하지만 그 풍경들이 하나하나 모습을 감추고 그가 떠나왔던 곳의 오래된 풍경, 유일하고 영원한 이 풍경만이 벌거숭이로 남았다. 그는 진짜 땅 위에, 슬픔에 젖은 대천사처럼 발을 내디뎠다.

"아, 모든 게 그대로야……."

그는 뭔가 달라진 것을 발견하게 될까 봐 걱정스러웠는데, 이제는 변한 게 너무 없다는 사실에 괴로웠다. 만남이니 우정이니 하는 것도 막연히 지루하게만 느껴졌다. 멀리서는 환상을 품을 수 있다. 애정을 저버리고 떠날 때, 처음에는 가슴이 아프지만 한편으로는 땅속에 보물을 묻어두는 듯한 묘한 감정을 느낀다. 그렇게 도망쳐버리는 것은 때로 사랑에 너무 인색하다는 방증

이기도 하다. 별이 총총한 사하라 사막에서의 어느 밤, 베르니스는 멀리 있는 애정을, 씨앗처럼 어둠과 시간 속에 묻혀 있는 그 따스한 애정을 생각하며 몽상에 잠겨 있었다. 그러다 문득, 이렇게 조금 떨어져서 누군가의 잠든 모습을 바라보고 있다는 느낌이 들었다. 고장 난 비행기에 기대어 굽이진 모래언덕과 구불구불한 지평선을 눈앞에 두고, 그는 목동이 양을 지키듯 자신이 사랑하는 것들을 밤새 생각했다…….

"그런데 돌아와 보니 다 그대로야!"

베르니스는 어느 날 내게 이렇게 편지를 썼다.

……내 귀환에 대해선 말할 게 없네. 내 안에서 감정들이 반응해 오면 내가 모든 것의 주인이 된 기분이 드는데, 어떤 감정도 깨어나질 않았거든. 예루살렘에 한발 늦게 도착한 순례자 같달까. 소망도 믿음도 사라져버리고 그저 돌들만 눈에 보이는 순례자 말일세. 이 도시는 말이지, 어떤 벽 같아서 난 다시 떠나고 싶네. 첫 비행 기억나나? 우리가 함께 나섰잖나. 무르시아와 그라나다는 진열장 속 자잘한 골동품처럼 누워 있었지. 우리가 착륙하지 않으니 그곳들은 과거 속에 파묻혀 있었어. 몇 세기가 흐르도록 그곳에 그렇게 가라앉은 채로. 저 혼자 요란한 소리를 내는 엔진 뒤로 풍경이 영화 필름처럼 조용

히 지나갔지. 그리고 그 추위. 우리가 높이 날았으니 엄청 추웠지. 도시들이 얼음 속에 갇힌 것 같았는데. 기억나나?

그때 자네가 건넨 쪽지들을 아직도 간직하고 있다네.

'덜컹거리는 이상한 소리를 주의해…… 그 소리가 더 커지면 해협으로 들어가선 안 돼'라고 적혀 있었지.

두 시간 후 지브롤터 상공에서는 또 다른 쪽지를 주었지. '타리파*에 닿을 때까지 기다렸다가 거기서 횡단해. 그게 훨씬 나아.'

탕헤르에서는 '너무 오래 머무르지 마. 땅이 무른 곳이니까'라고 적어주었고.

간단했지. 그 몇 개의 문장만 가지고 우리는 세상을 정복했어. 나는 그 간결한 지시가 얼마나 강력한 전략이 되는지 문득 깨달았다네. 탕헤르, 그 별 볼 일 없는 작은 도시가 내 첫 번째 정복지였어. 자네도 알다시피 내가 처음 강탈한 곳이라고 할 수 있지. 그래, 처음에는 수직으로 하강하는데도 아주 멀게 보였어. 그렇게 차츰 내려가다 보니 초원과 꽃들과 집들이 나타나기 시작했고. 내가 침몰해 있던 도시를 불러일으켜 되살아나게 해주었지. 그리고 갑자기 놀라운 것도 발견했어. 내

---

* 스페인 최남단의 항구 도시.

가 500미터 상공을 날고 있을 때 한 아랍인이 밭을 갈고 있었는데, 땅으로 내려가면서 그를 내 쪽으로 끌어당긴 거야. 점점 커지게 만들어서 나와 같은 크기의 사람으로 만든 거지. 그야말로 진짜 내 전리품 혹은 내 창조물, 내 장난감이었어. 나는 인질을 하나 잡은 셈이었고 그렇게 아프리카는 내 것이 되었지.

2분 뒤, 풀밭에 선 나는 생명이 다시 시작되는 어느 별에 있는 것처럼 젊은 기운을 느꼈어. 그 새로운 기후에서, 그 땅과 그 하늘에서 나는 어린나무가 된 것 같았지. 그리고 기분 좋은 허기를 느끼면서 여행의 피로를 풀려고 기지개를 켰다네. 보폭을 넓혀 유연하게 걸으면서 조종으로 쌓인 긴장을 푸는데, 문득 웃음이 나는 거야. 착륙해서 내 그림자를 다시 만나게 됐다는 생각이 들었거든.

그리고 그 봄! 툴루즈에서 잿빛 비가 내리고 난 뒤의 그 봄을 기억하나? 더없이 신선한 공기가 만물을 훑고 지나갔지. 여인들은 저마다 비밀스러운 매력을 하나씩 품고 있었어. 억양이든, 몸짓이든, 아니면 침묵이든. 그 여인들 모두가 탐스러웠지. 그러고 나서는, 자네도 알지, 내가 서둘러 다시 출발했잖아. 막연히 예감은 하지만 알지 못하는 무언가를 찾으러 더 멀리 가고 싶은 마음에 안달이 나서. 나는 탐지 막대기를 들고 보물을 찾아 온 세상을 돌아다니는 수맥 탐사가였으니까.

그런데 내가 무엇을 찾고 있는 건지 자네가 좀 말해줬으면 하네. 내 친구들, 내 욕망들, 내 추억들이 있는 도시에서 내가 왜 창가에 기대어 절망하고 있는지 말이야. 처음으로 수원(水源)을 찾지 못하고 보물과도 이토록 멀리 떨어져 있는 것처럼 느껴지는 이유가 뭘까? 사람들이 내게 했던 막연한 약속, 알 수 없는 어떤 신이 지키지 않는 그 약속은 대체 뭘까?

나는 마침내 수원을 찾았다네.

기억나나? 바로 주느비에브라네…….

베르니스의 편지에서 주느비에브, 그대의 이름을 읽으며 나는 두 눈을 감았고, 소녀 시절의 그대를 다시 만났다. 우리는 열세 살, 그대는 열다섯 살이었지. 우리의 기억 속에서 그대가 어떻게 나이를 먹을 수 있을까? 그 속에서 그대는 연약한 소녀로 남아 있다. 그대에 관한 이야기를 들었을 때 놀란 마음에 삶에서 모험을 감행했던 것도 그 연약한 소녀 때문이었다.

다른 이들이 성숙한 여인과 결혼식을 올릴 때, 아프리카 깊숙한 곳에서 베르니스와 내가 약혼한 사람은 바로 그 소녀였다. 열다섯 살 아이인 그대는 가장 어린 어머니였다. 다른 아이들은 나뭇가지에 맨 종아리를 긁히며 놀 나이에, 그대는 여왕에게 어울리는 장난감인 진짜 요람(搖籃)을 요구했다. 그런 비범함을 알아채지 못한 가족들 사이에서 그대는 그저 겸허한 여인인 듯 처신하며 살았지만, 우리가 보기엔 그대가 매혹적인 동화 속에 살면서 마법의 문을 통해 세상으로 들어오는 것만 같았다. 아내로, 어머니로, 요정으로 변장하고 가장무도회나 아이들 무도회에 참석하듯이 말이다.

그대는 정말로 요정이었다. 기억난다. 그대는 두꺼운 벽으로 둘러싸인 오래된 집에서 살고 있었다. 총안(銃眼)처럼 뚫린 창문에 팔꿈치를 괴고 달이 뜨기를 기다리던 그대 모습이 눈에 선하다. 달이 떠오르고 있었다. 들판이 바스락 소리를 내기 시작했고, 매미 날개의 쓰르륵 소리, 개구리 배의 개굴개굴 소리, 집으로 돌아오는 소의 목에 달린 워낭의 딸랑딸랑 소리가 들려왔다. 달이 떠오르고 있었다. 때로는 마을에서 조종(弔鐘)*이 울려 귀뚜라미와 밀 이삭과 매미에게 그 설명할 수 없는 죽음의 소식을 전해주었다. 그러면 그대는 창가에서 몸을 앞으로 내밀고는 오직 약혼자들만을 걱정했다. 희망만큼 위태로운 것은 없으니까. 그래도 달은 떠오르고 있었다. 부엉이들이 사랑을 찾아 서로를 부르는 소리에 조종 소리가 묻혔다. 떠돌이 개들이 둥그렇게 모

---

* 죽음을 애도하기 위해 울리는 종. 장례나 추모의 상징으로 사용된다.

여 달을 향해 짖어댔다. 나무, 풀, 갈대가 살아났다. 그리고 달이 떠오르고 있었다.

그러면 그대는 우리 손을 잡고 귀를 기울여보라고 말했다. 대지의 소리라고, 마음을 편안하게 해주는 좋은 소리라면서.

그대는 그 집과 집 주위 대지의 살아 있는 옷으로 그토록 잘 보호받고 있었다. 그대는 보리수와 참나무와 양 떼와 수많은 협약을 맺고 있어서, 우리는 그대를 그들의 여왕님이라 불렀다. 저녁때, 사람들이 밤을 맞이하려고 세상을 정돈할 때면 그대의 표정은 차츰 편안해졌다.

"농부가 가축들을 몰고 집으로 돌아왔어."

멀리 떨어진 외양간 불빛을 보고 알아낸 사실이었다. 희미한 소리를 듣고는 이렇게 말했다.

"사람들이 수문을 닫고 있어."

모든 것이 제자리에 있었다. 저녁 7시면 특급열차가 우레 같은 소리를 내며 우리 마을을 가로질렀다. 열차는 침대칸의 유리창에 비친 얼굴처럼 불안하고 유동적이고 불확실한 그대의 세상을 깨끗이 쓸어내리고 사라졌다. 그리고 너무 넓어서 불을 밝혀도 어둡기만 했던 식당에서 저녁 식사를 할 때, 그곳에서 그대는 밤의 여왕이 되었다. 우리가 스파이처럼 쉬지 않고 그대를 감시하고 있었으니까. 그대는 목재 패널로 장식된 방 한가운데서 몸을 숙인 채, 나이 든 사람들 틈에 조용히 앉아 있었다. 전등갓의 황금색 불빛이 오직 그대의 머리칼만 비추어, 그대는 빛으로 된 왕관을 쓰고 군림하고 있었다. 그대는 주변 사물들과 그토록 긴밀하게 연결되어 있었고, 사물들과 그대의 생각, 그대의 미래를 그토록 확신했기에, 우리에겐 그대가 영원한 존재처럼 느껴졌었다. 그대는 그렇게 모든 것을 지배하고 있었다…….

하지만 우리는 그대를 고통스럽게 할 수 있을지, 숨이 막힐 정도로 그대를 꽉 껴안을 수 있을지 궁금했다. 우리는 그대 안에 인간적인 면이 있음을 느끼고 그것을 세상으로 끌어내고 싶었기 때문이다. 애정이라는 감정과 비탄이라는 감정을 우리 눈앞으로 끌어내보고 싶었던 것이다. 그래서 베르니스는 그대를 품에 안았고, 그대는 얼굴을 붉혔다. 그리고 베르니스가 그대를 더 세게 껴안자 그대 눈이 눈물로 반짝였다. 하지만 나이 든 여인이 울 때처럼 입술이 일그러지지는 않았다. 베르니스는 내게 이 눈물은 갑자기 벅차오른 감정에서 나오는 것이라 다이아몬드보다도 값지다고, 이 눈물을 마시는 이는 불멸의 존재가 되리라고 말했다. 베르니스는 이런 말도 했다. 그대는 물속에 사는 요정처럼 그의 몸 안에 살고 있으며, 베르니스 자신은 그대를 몸 밖으로 끄집어낼 수많은 마법을 알고 있다고. 그리고 그중 가장 확실한 방법은 바로 그대를 울리는 것이라고 했다. 그렇게 우리는 그대에게서 사랑을 훔쳤다. 그러나 우리가 그대를 놓아주면 그대는 웃었고, 그 웃음 때문에 우리는 무척 당황했다. 손을 조금만 느슨하게 풀면 새는 그렇게 날아가버리고 만다.

"주느비에브, 우리에게 시를 읽어줘."

그대는 조금 읽었을 뿐이지만, 우리는 그대가 이미 모든 것을 안다고 여겼다. 우리는 그대가 놀라는 모습을 한 번도 보지 못했다.

"시를 읽어줘."

그대가 시를 읽으면, 우리에게는 그것이 세상과 인생에 대한 가르침이었고, 그것은 시인에게서 나오는 것이 아니라 그대의 지혜에서 나오는 교훈이었다. 연인들의 비탄과 여왕들의 눈물은 고요하고 위대한 것으로 바뀌었다. 사람들은 그대의 목소리에 그렇게 유유히, 사랑 때문에 죽어갔다…….

"주느비에브, 사람이 사랑 때문에 죽는다는 게 정말일까?"

그대는 시 낭송을 멈추고 진지하게 생각에 잠겼다. 그대는 그 답을 고사리와 귀뚜라미와 꿀벌에게서 찾아냈으리라. 그리고 "그래"라고 대답했다. 꿀벌도 사랑 때문에 죽으니까. 그것은 필요한 일이자 평화롭게 이루어지는 일이었다.

"주느비에브, 애인이란 뭘까?"

우리는 그대 얼굴이 붉어지는 모습을 보고 싶었다. 그러나 그대 얼굴은 달아오르지 않았다. 곤란한 표정도 별로 없이, 그대는 달빛이 일렁이는 연못을 똑바로 쳐다볼 뿐이었다. 그대에게 애인이란 저런 빛이 아닐까 하는 생각이 들었다.

"주느비에브, 애인 있어?"

이번에야말로 얼굴이 붉어지겠지! 하지만 아니었다. 그대는 아무렇지 않게 미소를 지었다. 그리고 고개를 저었다. 그대의 왕국에서 어떤 계절은 꽃을 가져다주고, 가을은 과일을 가져다주고, 또 어떤 계절은 사랑을 가져다준다. 그곳에서 삶은 그렇게 단순하다.

"주느비에브, 우리가 나중에 뭘 하게 될지 알아?"

우리는 그대 마음을 사로잡고 싶어서 그대를 연약한 여인이라 불렀다.

"연약한 여인이여, 우리는 정복자가 될 거야."

우리는 그대에게 인생을 설명해주었다. 정복자들은 영광을 업고 돌아와 그들이 사랑하는 여자를 정부(情婦)로 삼는다고 말이다.

"그럼 우리는 네 애인이 될 거야. 우리에게 시를 읽어줘⋯⋯."

그러나 그대는 더는 시를 읽지 않았다. 그대는 책을 옆으로 밀어놓았다. 그대는 갑자기 그대의 삶이 너무 명확하게 느껴졌다. 자신이 햇볕을 받아 자라나고 씨앗을 키워낸다는 사실을 느긴 어린나무처럼 말이다. 필연성, 단지 그것뿐이었다. 우리는 꾸며낸 이야기 속의 정복자들이었지만, 그대는 그대의 고사리와 꿀벌과 염소와 별에 의지하고, 개구리의 울음소리를 들었다. 그대 주변에서, 밤의 평화 속에서, 발목에서 목덜미까지 그대 자신 안에서 솟아오르는 그 모든 생명으로부터 그대는 확신을 끌어냈다. 뭐라 설명할 수는 없지만 확실한 운명에 대한 믿음을 얻었다.

달이 높이 뜨고 잠자리에 들 시간이 되어 그대는 창문을 닫았다. 달이 유리창 뒤에서 빛나고 있었다. 우리는 그대에게 말했다. 그대가 진열장 문을 닫듯 하늘을 닫아서, 달과 한 줌의 별들이 저기에 갇혀버렸다고. 왜냐하면 우리는 모든 상징과 모든 함정을 동원해서라도 그대를 수면 아래로, 우리의 불안이 우리를 부르는 저 깊은 바다 밑으로 데려가려 했으니까.

……난 수원을 다시 찾았다네. 여행으로 지친 몸을 쉬기 위해 내게 필요한 건 그 수원이야. 그 수원이 아직 존재하고 있어. 다른 수원들은…… 우리는 그 여인들을 두고 이렇게 말했었지. 사랑이 끝나면 그녀들은 저 멀리 별들 속으로 내쳐진다고, 그저 만들어낸 마음일 뿐이라고 말일세. 하지만 주느비에브는…… 기억나지, 우리가 했던 말을. 그녀 안에는 사람이 살고

있다고 했었지. 사물의 의미를 발견하듯 나는 그녀를 다시 발견했어. 그리고 나는 그녀 곁에서, 내가 마침내 그 내부를 발견한 세상 속을 걷고 있다네……

그녀는 사물들의 세계에 속해 있다가 그에게 다가왔다. 그녀는 마치 수많은 이별 끝에 다시 수많은 만남을 이어 주는 중재자 같았다. 그녀 덕분에 그는 마로니에 나무와 가로수 길, 그리고 분수를 다시 바라볼 수 있게 되었다. 그렇게 되자, 그에게 그 공원은 전과는 전혀 다른 모습으로 다가왔다. 그것은 더 이상 미국인에게 보여주기 위해 단정하게 손질된 장소가 아니었다. 흐트러진 가로수 길, 바삭거리는 낙엽, 연인들이 남기고 간 손수건만이 어지럽게 남아 있었다. 그래서 그 공원은 마치 사람의 마음을 붙잡아 두는 함정 같은 곳이 되었다.

2

주느비에브는 베르니스에게 남편 에를랭 이야기를 한 적이 한 번도 없었다. 그러나 오늘 저녁에는 이렇게 말했다.

"지루한 저녁식사 모임이 있어, 자크. 사람이 많을 거야. 우리랑 같이 저녁 먹으면 내가 덜 외로울 것 같아!"

에를랭이 과한 몸짓을 한다. 친한 사람들끼리 있으면 하지도 않을 저런 몸짓을 무슨 자신감으로 하는 거지? 그녀는 불안한 마음으로 남편을 바라본다. 이 남자는 가식적인 모습을 앞세운다. 자만심 때문이 아니라 스스로 자신감을 갖기 위해서다.

"바로 그거야, 여보. 당신 관찰력은 정말 좋다니까."

주느비에브는 고개를 돌려버린다. 저 커다란 몸짓, 저 말투, 저 허울뿐인 자신감!

"웨이터! 시가 좀 주게."

그녀는 그렇게 적극적이고 자기 힘에 취한 듯한 남편을 본 적이 없었다. 그가 레스토랑 안 간이 테이블 위의 세상을 이끌어간다. 말 한마디로 생각의 허를 찔러 그것을 뒤엎는다. 말 한마디로 웨이터와 지배인을 바삐 움직이게 만든다.

주느비에브는 어중간한 미소를 짓는다. 어째서 이런 정치적인 저녁 식사를 하는 걸까? 왜 6개월 전부터 느닷없이 정치에 들떠 있는 거지? 에를랭은 어떤 강렬한 생각이 자신을 스치기만 해도 자신이 강한 사람이라 믿는다. 그러면 자아도취에 빠져서는 자기 모습에서 한 발짝 물러나 자신을 감격스레 바라본다.

주느비에브는 그들이 그렇게 놀도록 내버려두고 베르니스를 향해 돌아선다.

"돌아온 탕아 베르니스. 사막 이야기 좀 들려줘……. 언제쯤 완전히 돌아올 거야?"

베르니스는 그녀를 바라본다.

베르니스는 동화 속에서처럼 열다섯 살 소녀가 낯선 여인의 모습 뒤에서 자신에게 미소 짓는 모습을 발견한다. 숨으려 하지만 오히려 그런 행동이 어렴풋이 드러나 정체를 드러내고 마는 여자아이를. 주느비에브, 나는 그 마법을 기억한다. 그대를 두 팔로 품고 아파하도록 꼭 껴안으면 그대는 어린 소녀로 돌아와 울음을 터뜨리겠지…….

이제 남자들은 흰 셔츠의 가슴 부분을 주느비에브 쪽으로 기울여 유혹하려는 자세를 취한다. 마치 재치 있게 말하거나 좋은 인상을 주는 것만으로 여자를 얻을 수 있다는 듯이, 그리고 여자가 그런 경쟁에서 주어지는 상품이기라도 하다는 듯이. 그녀의 남편도 상냥하게 군다. 오늘 밤 그는 그녀의 몸을 탐할 것이다. 그는 다른 이들이 그녀를 탐낼 때에야 새삼 그녀를 재발견한다. 이브닝드레스를 입고 화려한 자태로 다른 이의 환심을 사려는 그녀에게서 화류계 여자의 분위기가 살짝 풍길 때 말이다. 그녀는 남편이 시시한 취향을 가졌다고 생각한다. 왜 사람들은 주느비에브의 온전한 모습을 좋아하지 않는 걸까? 사람들은 그녀의 일부분만을 사랑하고 다른 부분은 어둠 속에 내버려둔다. 음악이나 사치품을 좋아하듯 그녀를 사랑한다. 그녀는 재치 있고 감성적이며 사람들은 그런 그녀를 원한다. 그러나 그녀가 무엇을 생각하는지, 무엇을 느끼는지, 무엇을 마음속에 품고 있는지…… 이런 것에는 관심을 두지 않는다. 아이를 향한 애정이나 지극히 당연한 걱정거리 같은, 어둠 속에 남겨진 그녀의 모든 부분을 외면한다.

그녀 곁에서는 모든 남자가 약해진다. 그녀와 함께 화를 내다가 그녀와 함께 누그러진다. 마치 그녀의 마음을 얻기 위해 "그대가 원하는 남자가 되겠소"라고 말하는 것 같다. 그건 사실이다. 하지만 남자들에게 그런 건 아무 의미 없다. 중요한 건 그녀와 잠자리를 하는 것일 테니까.

그녀는 여전히 사랑에 대해서는 생각하지 않는다. 그럴 시간이 없으니까!

그녀는 약혼 시절 초기를 회상하며 미소를 짓는다. 그 시절 에를랭은 자신이 주느비에브를 사랑한다는 사실을 불현듯 깨달았다. 어쩌면 그 사실을 잊고 있었는지도 모른다. 그는 그녀에게 말을 걸고, 그녀를 길들이고, 정복하고 싶었다.

"아, 시간이 없어요……."

그녀는 그보다 앞장서 오솔길을 걸으며, 노래 리듬에 맞춰 막대기로 어린 가지들을 툭툭 두드렸다. 촉촉한 흙에서 좋은 내음이 났다. 나뭇가지들이 얼굴 위로 비 오듯 떨어졌다. 그녀는 되뇌었다.

"시간이 없어요…… 시간이!"

무엇보다 온실로 달려가 꽃부터 보살펴야 했다.

"주느비에브, 당신은 매정한 소녀군요!"

"네, 맞아요. 내 장미들 좀 보세요. 제법 무겁죠! 꽃송이가 묵직하면 정말 아름다워요."

"주느비에브, 입 맞추고 싶소……."

"물론이죠. 왜 안 되겠어요? 내 장미꽃 마음에 들어요?"

남자들은 언제나 그녀의 장미꽃을 좋아했다.

"아니, 나의 자크. 난 슬프지 않아."

그녀는 베르니스에게 몸을 반쯤 기대며 말한다.

"생각나…… 난 참 이상한 여자애였어. 내 생각대로 신을 만들어냈지. 어린애 같은 절망감에 빠지면 돌이킬 수 없는 일을 가지고 온종일 울었어. 하지만 밤이 되어 전등불이 꺼지면 난 내 친구인 신을 다시 찾아갔어. 그리고 이렇게 기도했지. '제게 이런 일이 있었습니다. 저는 너무도 약해서 제 망가진 삶을 고칠 수 없습니다. 당신께 모든 것을 드립니다. 당신은 저보다 훨씬 강한 분이니까요. 당신께서 알아서 해주세요.' 그러고는 잠이 들곤 했어."

믿을 수 없고 불확실한 사물들 중에는 순종적인 존재들이 너무나 많다. 그녀는 책과 꽃, 친구들 위에 군림했다. 그녀는 그들과 협약을 맺고 있었다. 그녀는 사람들을 웃음 짓게 하는 신호를 알고 있었고, 사람들을 한데 모으는 유일한 표현도 알고 있었다. 그저 "아! 바로 당신이군요, 나의 오랜 점성술사님……"이라고만 하면 되었다. 또는 베르니스가 들어왔을 때 "앉아요, 탕아

여……"라고 말할 줄도 알았다. 모든 것이 저마다 어떤 비밀을 통해, 자신을 알아준다는 기쁨과 함께 연루되어 있다는 묘한 즐거움을 통해 그녀와 연결되어 있었다. 가장 순수한 우정은 금지된 감정으로 깊어져갔다.

"주느비에브, 당신은 여전히 모든 사물을 지배하는군."

베르니스가 말했다.

그녀가 응접실의 가구를 조금 움직여 안락의자를 끌어당기면, 친구는 마침내 세상에서 진정한 자기 자리를 찾은 느낌이 들어 깜짝 놀랐다. 하루 일과가 끝나면, 흩어진 음악과 상한 꽃들이, 우정이 땅 위에서 휩쓸고 간 모든 것이 얼마나 고요히 소란을 일으켰던가. 주느비에브는 소리 없이 자신의 왕국에 평화를 가져다 놓았다. 그러면 베르니스는 한때 자신을 사랑했던 이 작은 포로 소녀가 그녀 안에서 무척이나 멀리 떨어진 곳에 자리를 잡고 잘 보호받고 있음을 느낄 수 있었다…….

그런데 어느 날, 그녀가 다스리던 사물들이 반란을 일으켰다.

3

"삼 좀 지게 ㅏ 좀 놔둬……."

"어떻게 그래! 일어나봐. 애가 숨이 넘어간다고."

에를랭의 말에 그녀는 얼른 깨어나 아이의 침대로 달려갔다. 아이는 자고 있었다. 열 때문에 얼굴이 번들거리고 호흡이 가빴지만 평온해 보였다. 잠이 아직 덜 깬 주느비에브는 아이의 숨소리에 예인선(曳引船)이 내뿜는 증기를 떠올렸다.

"얼마나 힘들까!"

아이는 벌써 사흘째 이런 상태였다! 그녀는 아무 생각도 할 수 없어 아픈 아이 위로 몸을 수그린 채로 있었다.

"왜 애가 숨이 넘어간다고 했어? 왜 사람을 겁주냐고……?"

그녀의 심장이 아직도 쿵쾅거렸다. 에를랭이 대답했다.

"난 그런 줄 알았지."

그녀는 남편이 거짓말한다는 걸 알았다. 극도의 불안감이 몰려와 혼자서는 견딜 수 없게 되자 그 불안감을 그녀와 나누려 했던 것이다. 그는 자신이 고통받고 있는데 세상이 평화로운 꼴은 못 보는 사람이었다. 하지만 사흘 밤을 꼬박 새운 그녀에게는 한 시간이라도 휴식이 필요했다. 그녀는 이미 자신이 어디 있는지도 모를 만큼 멍한 상태였다.

그 정도 거짓말이야 수백 번도 더 용서했다. 말이라는 게…… 뭐 그리 중요하겠는가? 수면 시간을 따지는 게 우습지!

"당신은 정말 생각이 없어."

그녀는 이렇게만 말하고는 남편의 기분을 풀어주려 한마디 덧붙였다.

"정말이지 어린애 같다니까……."

그녀는 곧바로 보모에게 시간을 물었다.

"2시 20분이에요."

"그래요?"

주느비에브는 급히 할 일이라도 있는 듯 "2시 20분……"을 여러 번 되뇌었다. 하지만 급한 일은 없었다. 여행할 때처럼 그저 기다리는 일밖에는. 그녀는 침대를 툭툭 두드려 매만지고, 약병을 가지런히 놓고, 창문에 손을 갖다 댔다. 그녀는 보이지 않는 신비로운 질서를 만들어내고 있었다.

"조금이라도 주무셔야지요."

보모가 말했다.

그리고 침묵이 흘렀다. 그러다가 다시 한번, 여행 중에 보이지 않는 풍경이 휙휙 지나갈 때처럼 숨 막히는 압박감이 그녀를 짓눌렀다.

"아무 일 없이 잘 자라고 사랑받던 애가……."

에를랭이 과장스레 말했다. 그는 주느비에브가 자신을 측은히 여겨주길 바랐다. 이 불행한 아버지로서의 역할을…….

"당신 볼일 봐요, 여보. 뭐든!"

주느비에브가 부드럽게 타일렀다.

"사업 일로 약속 있잖아. 어서 가봐."

그녀는 남편의 어깨를 떠밀었지만, 그는 자신의 괴로움에만 신경을 쏟고 있었다.

"어떻게 그런 말을 해! 이런 상황에……."

'이런 상황이라…… 이런 상황이면 더 그래야 하는 거 아닌가!'

주느비에브는 생각했다. 그리고 이상하게도 집 안을 정돈해야겠다는 생각이 들었다. 제자리에 놓이지 않은 저 꽃병, 가구 위에 아무렇게나 널브러진 에를랭의 저 외투, 콘솔 테이블에 쌓인 저 먼지…… 모두 적이 남기고 간 발자취였고, 어두운 붕괴의 조짐이었다. 그녀는 그 붕괴에 맞서 싸웠다. 자잘한 골동품들의 금빛 광택과 반듯하게 놓인 가구들은 겉으로 보이는 명확한 현실이었다. 주느비에브는 온전하고 청결하고 빛나는 모든 것이 어두운 죽음으로부터 보호해준다고 느꼈다. 의사는 말했다.

"호전될 수 있을 겁니다. 튼튼한 아이니까요."

물론이다. 자고 있을 때 아이는 작은 두 주먹을 움켜쥔 채 생명을 꼭 붙들고 있었다. 참으로 사랑스럽고 강인한 모습이었다.

"부인, 잠깐 나가서 산책이라도 하고 오세요. 다녀오시면 저도 나갔다 올게요. 그러지 않으면 우리 둘 다 못 버틸 거예요."

보모가 말했다.

이 아이가 두 여인을 기진맥진하게 만들다니. 이상한 광경이었다. 눈을 감은 채 가쁜 숨을 쉬는 아이가 그들을 세상 끝까지 끌고 가다니.

주느비에브는 에를랭을 피해 밖으로 나왔다. 그는 아내에게 일장 연설을 늘어놓았다.

"내 가장 기본적인 의무는…… 당신의 그 우쭐대는 자만심이……."

그녀는 졸음이 쏟아져 남편의 말을 하나도 이해하지 못했다. 하지만 그 와중에 '자만심' 같은 몇몇 단어가 그녀를 놀라게 했다. 웬 자만심? 그게 이 상황과 무슨 상관이 있단 말인가?

의사는 이 젊은 여인이 놀라웠다. 눈물도 흘리지 않고, 쓸데없는 말도 하지 않으며, 간호사처럼 정확하게 의사의 일을 도왔기 때문이다. 그는 생명을 섬기는 이 여인에게 감탄했다. 한편 주느비에브에게는 의사가 왕진 오는 때가 하루 중 가장 행복한 시간이었다. 의사가 위로해줘서가 아니었다. 그는 아무 말도 하지 않았다. 의사가 아이의 상태를 정확히 알기 때문이었다. 그는 심각한 상태, 불분명한 상태, 정상적이지 않은 상태를 모두 설명해주었다. 어두운 그림자에 맞서는 이 싸움에서 그가 얼마나 든든한 보호벽이 되어주는지! 그저께 있었던 수술만 해도…… 에를랭은 응접실에서 징징거렸지만, 주느비에브는 수술 중에도 아이 곁을 지켰다. 외과 의사가 흰 가운을 입고 방으로 들어왔다. 그에겐 한낮의 평온함 같은 힘이 있었다. 의사는 신속하게 전투를 시작했다. 군더더기 없는 말과 지시가 오갔다. '클로로포름' '꽉 잡아' '요오드' 같은 말들이 낮은 목소리로 아무 감정 없이 흘러나왔다. 그러다 문득, 베르니스가 비행할 때 그랬던 것처럼, 주느비에브는 아주 강력한 전략 하나를 떠올렸다. 이겨내리라 확신하는 것, 그것이 그녀에게 필요한 전략이라는 것을 깨달았다. 에를랭은 말했다.

"어떻게 그 장면을 지켜볼 수 있지? 당신은 정말 매정한 엄마야!”

어느 날 아침, 그녀는 의사 앞에서 정신을 잃고 안락의자를 따라 주르륵 미끄러졌다. 그녀가 깨어났을 때, 의사는 용기를 내라거나 희망을 품으라는 말 따위는 하지 않았고 연민을 보이지도 않았다. 의사는 그녀를 진지하게 바라보며 말을 꺼냈다.

“너무 무리하신 겁니다. 심각한 건 아니지만요. 오늘 오후에 외출하라는 처방을 내려야겠군요. 단, 극장에는 가지 마세요. 사람들이 워낙 편협해서 이해를 못 할 테니까요. 하지만 뭔가 비슷한 일을 하세요.”

그리고 의사는 이렇게 생각했다.

‘정말 진실한 모습이군.’

주느비에브는 거리에서 느껴지는 신선함에 놀랐다. 길을 걷는 동안 어린 시절을 떠올리니 큰 위안이 되었다. 나무들, 평야들, 단순한 사물들. 한참의 시간이 흐른 어느 날 그녀에게서 아이가 태어났고, 그것은 이해할 수 없는 무언가인 동시에 가장 단순한 일이었다. 그 무엇보다도 명백한 현실. 그녀는 생명이 있는 다른 것들과 함께, 그것들 곁에서 아이를 보살폈다. 그때 그녀가 느낀 감정을 표현할 수 있는 단어는 없었다. 그녀가 느낀 것은…… 그렇다. 그녀는 자신이 현명하다고 느꼈다. 그녀는 스스로에 대한 확신이 있었고, 자신이 모든 것과 연결되어 있다고 느꼈으며, 마치 대규모 합주단의 일원이 된듯한 기분이었다. 저녁에 그녀는 창가로 다가갔다. 나무들이 살아가고, 자라나고, 땅에서 봄을 끌어올리고 있었다. 그녀도 그 나무들과 같았다. 그리고 그녀 곁에서는 아이가 가냘프게 숨을 쉬고 있었다. 그것은 세상의 엔진이었다. 아이의 가느다란 숨결이 세상에 활기를 불어넣고 있었다.

하지만 지난 사흘 동안은 너무도 혼란스러웠다. 창문을 여닫는 지극히 사소한 행동마저 중대한 결과를 가져왔다. 더 이상 무엇을 해야 할지 알 수가 없었다. 약병과 침대 시트와 아이에게 손을 가져가면서도, 그러한 행동이 어두운 미지의 세계에서 어떤 영향을 미칠지는 알 수 없었다.

주느비에브는 골동품 가게 앞을 지나갔다. 문득 그녀는 자기 집 응접실에 있는 자잘한 골동품들이 햇빛을 붙잡고자 놓은 덫 같다는 생각이 들었다. 빛을 머금고 있는 모든 것, 표면에서 빛을 발하는 모든 것은 그녀에게 기쁨을 주었다. 그녀는 걸음을 멈추고 크리스털 잔에 담긴 고요한 미소를 음미했다. 오래되고 좋은 와인을 담았을 때 반짝이는 미소와도 같았다. 빛과 건강과 삶에 대한 확신이 그녀의 지친 의식 속에서 뒤섞였다. 그녀는 황금빛 못처럼 박혀 반짝거리는 그 광택을 쇠약해가는 아이의 방에 가져다 놓고 싶었다.

4

에를랭이 다시 공격을 퍼붓기 시작했다.

"아니, 당신은 그렇게 놀러 다니면서 골동품 가게나 기웃거릴 마음이 나! 절대로 용서 못 해! 이건……."

그는 적당한 단어를 고르느라 잠시 머뭇거렸다.

"이건 극악무도한 일이고, 생각할 수도 없는 일이고, 엄마 자격도 없는 일이야!"

그는 기계적으로 담배 한 개비를 꺼내고는 한 손으로 빨간 담뱃갑을 흔들어댔다. 주느비에브는 또 "자존심!"이라는 말도 들었다. 그러면서 생각했다.

'저이가 담배에 불을 붙이려나.'

"그래……."

에를랭이 천천히 내뱉었다. 마지막에 이 말을 하려고 아껴두었던 것이다.

"그래…… 엄마가 놀러 다니는 동안 애는 피를 토하고 있었던 거지!"

주느비에브의 얼굴이 파랗게 질렸다.

그녀는 방을 나가려 했지만, 남편이 문 앞을 가로막았다.

"여기 있어!"

그는 짐승처럼 숨을 헐떡거렸다. 혼자 감당했던 고통의 대가를 그녀가 치르도록 하기 위해!

"나를 괴롭히려나 본데, 그럼 나중에 후회할 거야."

주느비에브는 그저 이렇게 말할 뿐이었다.

하지만 바람이 가득 찬 풍선 같은 그에게 그녀가 던진 이 말, 어디에도 쓸 수 없는 그의 무능함을 겨냥한 이 말은 그를 흥분시키는 결정적인 자극제가 되었다. 그는 사납게 비난을 쏟아냈다. 그래, 그녀는 항상 그의 노력에는 관심이 없고, 교태나 부리고, 경솔했다고. 그래, 에를랭 자신은 그녀에게 온 힘을 쏟았는데, 오랫동안 호구로 살아왔다고. 그래, 모든 것이 아무 의미 없다고. 그는 혼자서만 고통스러워했고, 인생은 어차피 혼자인 거라고……. 주느비에브는 넌더리가 나서 돌아섰지만, 그는 그녀를 자기 쪽으로 돌려세우고는 계속 몰아붙였다.

"하지만 여자들 잘못은 대가를 치르게 되어 있어."

그러고는 몸을 빼내려는 그녀에게 폭언을 던졌다.

"아이가 죽는 거지. 그게 신의 섭리야!"

그의 분노는 살인을 저지른 뒤처럼 단번에 가라앉는다. 그런 말을 내뱉고는 스스로도 어안이 벙벙하다. 새하얗게 질린 주느비에브가 문 쪽으로 한 발 내디딘다. 그는 그녀가 자신을 어떻게 생각할지 짐작이 간다. 그녀에게 고상한 이미지만 심어주고 싶었는데 말이다. 이 나쁜 이미지를 지우고 억지로라도 그녀의 마음속에 부드러운 이미지를 심고 싶은 욕구가 생긴다.

그는 갑자기 힘없는 목소리로 말한다.

"미안해…… 이리 와…… 내가 미쳤었나 봐!"

문고리를 잡은 채 그를 향해 반쯤 돌아서 있는 아내가 그의 눈에는 자신이 움직이기만 하면 당장 달아나려는 야생동물로 보인다. 그는 움직이지 않는다.

"이리 와…… 할 말이 있어…… 힘들다고……."

주느비에브는 꼼짝하지 않는다. 그녀는 무엇을 두려워하는 걸까? 그는 아내가 쓸데없이 겁을 내자 화가 치밀려 한다. 그는 자신이 제정신이 아니었고, 잔인했으며, 옳지 못한 행동을 했다고, 그녀만이 진실하다고 말하고 싶다. 하지만 그러려면 먼저 그녀가 가까이 다가와 자신에 대한 믿음을 보여주고 마음을 터놓아야 한다. 그러면 그는 아내 앞에 굴복할 것이다. 그러면 그녀도 이해해주겠지…… 하지만 그녀는 이미 문고리를 돌리고 있다.

그는 팔을 뻗어 그녀의 손목을 거칠게 잡는다. 그녀는 그를 극도로 경멸하는 눈빛으로 바라본다. 그는 완강하게 군다. 이제 무슨 수를 써서라도 그녀를 굴복시켜 자신의 힘을 보여준 다음, 이렇게 말해야 한다.

"봐, 내가 손을 풀어주잖아."

그는 아내의 가냘픈 팔을 처음에는 살짝, 그다음에는 우악스레 잡아당겼다. 그녀는 다른 쪽 손을 올려 그의 뺨을 때리려 했지만 그는 그 손마저 꼼짝 못 하게 붙들었다. 이제 그는 그녀를 고통스럽게 만들고 스스로도 그 점을 느끼고 있었다. 그는 길고양이를 붙잡아 강제로 길들이려는 아이들, 억지로 쓰다듬으려다 오히려 고양이를 숨 막히게 하는 아이들을 떠올렸다. 부드럽게 대할 생각이었는데. 그는 숨을 깊이 들이마셨다.

'내가 고약하게 굴었으니, 이제 다 틀렸다.'

몇 초 동안 그는 스스로 만들었지만 자기 자신마저 두렵게 하는 이 이미지를 주느비에브와 함께 질식시켜 없애버리고 싶은 광적인 충동을 느꼈다.

그는 이상하게도 무력하고 공허한 감정을 느끼며 결국 손가락에서 힘을 풀었다. 그녀는 서두르지 않고 찬찬히 물러섰다. 이제는 정말 두렵지 않다는 듯이, 무언가가 갑자기 그녀를 남편의 손이 닿지 않는 곳에 놓은 것처럼. 남편은 존재하지 않는 것이나 다름없었다. 그녀는 한참 동안 서서 느릿느릿 머리를 매만지더니, 몸을 꼿꼿이 세우고는 그대로 방을 나섰다.

그날 저녁 베르니스가 그녀를 보러 왔을 때, 그녀는 아무것도 말하지 않았다. 이런 이야기는 남에게 털어놓아선 안 되는 법이다. 대신 그녀는 그들이 함께한 어린 시절의 추억과 그가 저 멀리서 지낸 생활에 관해 얘기해달라고 했다. 그녀는 위로받아야 할 어린 소녀를 베르니스에게 맡겨두었고, 어린 소녀는 추억 속의 이미지들로 위로받기 때문이다.

그녀가 그의 어깨에 이마를 기대자, 베르니스는 주느비에브의 온 존재가 자신의 어깨에서 안식처를 찾는다고 믿었다. 아마 그녀도 그렇게 생각했으리라. 하지만 이 두 사람은 알지 못했으리라. 애정을 주고받는 관계에서도 사람들은 사실 자신의 모든 것을 내걸지는 않는다는 것을.

5

“주느비에브, 당신이 이 시간에 우리 집에 오다니…… 얼굴이
왜 이리 창백해…….”

주느비에브는 잠자코 있다. 똑딱거리는 시계추 소리가 성가시
게 들려온다. 어느덧 새벽빛과 어우러진 램프 불빛은, 색깔은 어
두운데 마시면 열이 나는 음료수 같다. 저 창문을 보기가 역겹
다. 주느비에브는 가까스로 참아내고 말문을 연다.

“불빛이 보여서 왔어…….”

더는 할 말이 생각나지 않는다.

“그랬군, 주느비에브. 나는…… 난 보다시피 책을 읽고 있
었어…….”

종이 표지 책들이 노랗고 하얗고 빨간 얼룩들 같다. 주느비에

브는 생각한다.

'꽃잎들 같아.'

베르니스는 기다린다. 주느비에브는 여전히 꼼짝하지 않는다.

"주느비에브, 난 이 안락의자에 앉아 몽상에 잠겨 있었어. 이 책 저 책 뒤적이다 보니 다 읽은 기분이 들었거든."

그는 흥분을 감추려고 노인네 같은 인상을 심어주고는, 아주 평온한 목소리로 묻는다.

"주느비에브, 나한테 무슨 할 말이라도……?"

하지만 그는 마음속으로 생각한다.

'이건 사랑의 기적이 아닐까.'

주느비에브는 오직 한 가지 생각과 씨름하고 있다.

'이 사람은 모르는구나…….'

그러다 놀란 표정으로 그를 바라본다. 그녀가 큰 소리로 덧붙인다.

"내가 온 건……."

그러고는 이마에 손을 얹는다.

창유리가 하얘지면서 방 안에 수족관 같은 빛을 퍼뜨린다. 주느비에브는 생각한다.

'램프 빛이 시들어가네.'

그러더니 갑자기 괴로워하며 입을 연다.

"자크, 나를 데려가줘!"

창백해진 베르니스가 그녀를 품에 안고 가만히 흔든다. 주느비에브가 눈을 감는다.

"날 데려갈 거지……."

이 어깨에 기대면 시간이 상처를 주지 않고 쏜살같이 흘러간다. 모든 것을 포기하는 것은 거의 기쁨에 가깝다. 자신을 내맡기고 흐름에 휩쓸리면, 자신의 삶이 유유히 흘러…… 흘러가는 것처럼 느껴지기 마련이다. 그녀는 간절한 꿈을 소리 내어 이야기한다.

"내게 상처를 주지는 마."

베르니스가 그녀의 얼굴을 어루만진다. 그녀는 무언가를 떠올린다.

'다섯 살, 겨우 다섯 살인데…… 그런 일이 일어나다니!'

그녀는 또 생각한다.

'그 애한테 그렇게 많은 걸 주었는데…….'

"자크…… 내 아들이 죽었어……."

"보다시피 나, 집에서 도망 나왔어. 안정이 필요해서. 아직 이해가 안 돼. 아직 고통스럽지도 않고. 내가 무정한 엄마일까? 다른 사람들은 울면서 나를 위로하려 들어. 자기들이 그렇게 좋은 사람이라는 데 도취한 거지. 하지만 난…… 난 아직 아무 기억도 떠오르지 않아.

당신한테는 다 말할 수 있어. 죽음은 혼란 속에서 다가오더군. 주사니, 붕대니, 전보가 오가는 와중에. 며칠 밤을 꼬박 새워서 그저 꿈꾸는 것 같았어. 의사가 진찰하는 동안 난 텅 빈 머리를 벽에 기대고 있을 뿐이었어.

그리고 남편과 말다툼을 했는데, 악몽 같았어. 오늘, 조금 전에…… 그 사람이 내 손목을 잡았을 때 손이 비틀리는 듯 했어. 모든 게 주사 한 대 때문이었어. 하지만 난 알고 있었어…… 아직 주사 맞을 시간이 아니라는 걸. 그러고 나서 그 사람이 내게 용서해 구했어. 그런 건 중요하지 않았어! 내가 말했어. '그래…… 알았어…… 내 아들을 보러 가게 해줘.' 그러니까 그 사람이 문을 막고 서서 말했어. '날 용서해 줘…… 당신한테 용서받아야 해!' 정말 변덕스럽지. '어서, 날 보내줘. 용서한다니까.' 그랬더니 남편이 이러는 거야. '입으로는 용서해도 마음으로는 아니잖아.' 계속 그런 식이었지. 미칠 것 같았어.

그러고 나면 모든 게 끝나도 별로 절망스럽지 않지. 평화롭고 고요해서 놀라울 정도니까. 내 생각엔…… 내 생각엔 아이가 그냥 쉬는 것 같았어. 그게 다야. 새벽에 배를 타고 어딘지도 모르는 먼 곳에 내려서, 뭘 해야 할지도 모르는 상황 같았어. '이제

다 왔구나' 하는 생각이 들었어. 주사기와 약병을 보고 난 속으로 말했어. '이런 것도 이제 의미 없어…… 다 온 거야.' 그러고는 정신을 잃었어."

갑자기 그녀가 소스라치게 놀라며 말한다.

"여기로 오다니, 내가 미쳤나 봐."

그녀는 새벽이 저쪽에서 커다란 재앙을 훤히 비추고 있다고 느낀다. 싸늘하고 흐트러진 침대 시트. 가구 위에 던져놓은 수건들, 넘어진 의자. 그 난장판을 재빨리 수습해야 한다. 그 안락의자를 얼른 제자리에 끌어다 놓고, 그 꽃병과 그 책도 제자리에 가져다 놓아야 한다. 삶을 둘러싼 사물들이 본래의 모습으로 돌아오도록, 그녀는 헛되이 힘을 써야만 한다.

6

조문객들이 찾아왔다. 그들은 말을 할 때 잠시 뜸을 들인다. 자신들이 불러일으키는 비참한 기억이 그녀 안에서 가라앉도록 내버려두는 것이다. 정말이지 생각 없는 침묵이다……. 그녀는 꼿꼿이 서 있었다. 사람들이 돌려 말하는 '죽음'이라는 단어를 그녀는 서슴없이 입에 담았다. 사람들은 자신들이 꺼내는 말에 그녀가 어떤 반응을 보이는지 살피려 하고, 그녀는 그것이 싫다. 그녀는 아무도 감히 자신을 바라보지 못하도록 그들의 눈을 똑바로 쳐다보았지만, 그녀가 시선을 내리기만 하면…….

그리고 다른 사람들은…… 대기실까지는 조용히 걸어오다가, 대기실에서 응접실까지는 허둥대며 달려와 균형을 잃고는 그녀의 품에 쓰러진다. 그들은 한마디도 하지 않는다. 그녀 역시 그들에게 한마디도 하지 않을 것이다. 그들은 그녀의 슬픔을 짓누른다. 그들은 경직되어 있는 한 소녀를 품에 꼭 끌어안는다.

그녀의 남편은 이제 집을 팔자고 한다. 그가 말한다.

"비참한 기억들이 우리를 괴롭힐 거야!"

그는 거짓말을 하고 있다. 고통은 이미 친구와 다름없으니 말이다. 하지만 그는 몸을 가만히 두지 못하고, 과장된 몸짓을 하려 한다. 그는 오늘 저녁 브뤼셀로 떠난다. 그녀는 나중에 따라가기로 되어 있다.

"집이 너무 엉망이라서 그래……."

그녀의 과거가 송두리째 무너진다. 오랜 인내가 만들어낸 이 응접실에는 사람도, 가구 판매업자도 아닌 시간이 들여다 놓은 이 가구들로 가득하다. 이 가구들은 응접실이 아니라 그녀의 삶을 꾸며주고 있었다. 안락의자를 벽난로에서 멀리 떼어놓고, 콘솔 테이블을 벽에서 멀리 떨어뜨려 놓는다. 그러고 나니 모든 것이 처음으로 민낯을 드러내며 과거 밖으로 떨어져 나온다.

"베르니스 당신도 다시 떠날 거지?"

그녀가 절망적인 몸짓을 해 보인다.

사물들과 맺고 있던 그 많은 협약이 깨졌다. 그렇다면 세상과 연결되었던 것은 아이였고, 세상은 아이를 중심으로 질서 있게 돌아갔던 걸까? 아이의 죽음이 주느비에브에게 이렇게 큰 패배를 안겨준 걸까? 그녀는 될 대로 되라는 듯 체념하며 말한다.

"괴로워⋯⋯."

베르니스가 그녀에게 부드럽게 말한다.

"당신을 데려갈게. 내가 당신을 빼앗아가는 거야. 기억나? 언젠가 돌아오겠다고 했잖아. 당신에게 말했었잖아⋯⋯."

베르니스는 그녀를 꼭 끌어안는다. 주느비에브가 고개를 살짝 젖히자 두 눈에서 눈물이 반짝인다. 베르니스가 두 팔로 안고 있는 포로는 그저 울고 있는 어린 소녀일 뿐이다.

○월 ○일, 쥐비곶에서

친애하는 베르니스, 오늘은 우편기가 뜨는 날일세. 비행기는 시스네로스를 떠났어. 곧 이 쥐비곶을 지나 나의 이 잔소리들을 너에게 실어다 주겠지. 자네 편지에 대해, 그리고 포로가 된 우리의 여왕에 대해 많이 생각해봤다네. 어제는 바닷물에 한없이 씻겨나가는 너무도 공허하고 너무도 헐벗은 해변을 산책하면서, 우리가 마치 해변 같다는 생각이 들었지. 난 우리가 정말 존재하는 것인지 잘 모르겠어. 자네도 몇 번 본 적 있지, 저녁에 해가 서글프게 질 때면 스페인 요새 전체가 반짝이는 해변 속으로 가라앉는 모습을. 하지만 요새가 투영된 그 신비로운 푸른빛은 요새와는 엄연히 다른 것이지. 그게 바로 자네 왕국이야. 그리 현실적이지도, 그리 확신할 수도 없는……. 주느비에브만은 삶을 살도록 내버려둬.

그래, 그녀가 지금 혼란스러운 상황이란 건 나도 알아. 하지만 인생에서 비극은 드물다네. 정리해야 할 우정이나 애정, 사랑도 별로 없지. 자네가 에를랭에 관해 뭐라고 하든, 남자도 인생에서 그리 중요한 게 아니야. 내 생각에…… 삶이란 다른 것에 의지하고 있어.

관습, 규약, 법률처럼 자네가 필요 없다고 생각해 벗어나버린 모든 것…… 그것들이 삶의 테두리가 되는 걸세. 존재하기 위해서는, 자기 주위에 현실이 지속되어야 해. 터무니없다는 둥, 부당하다는 둥, 그런 건 모두 말에 지나지 않아. 그러니 자네가 주느비에브를 데려오면, 그녀 자신에게서 주느비에브를 빼앗아오는 셈이라고.

게다가 그녀는 자신이 무얼 필요로 하는지 알고 있을까? 부유한 생활이 익숙해졌다는 건 그녀 자신도 모르겠지. 재물은 물질을 정복하고, 외부에서 벌어지는 일들을 가능하게 해주지. 그녀의 삶이 아무리 내면을 향해 있어도 말이야. 재물은 모든 것을 지속시켜 주니까. 재물은 눈에 보이지 않는, 땅 밑을 흐르는 강이야. 한 세기 동안 한 집의 벽과 추억을, 다시 말해 영혼을 살찌우지. 자네는 그녀의 삶을 비워내게 될 거야. 눈에 보이지 않지만 집을 이루고 있는 수많은 물건을 집에서 치워 버리듯이 말이야.

하지만 자네에겐, 사랑한다는 것이 곧 태어난다는 의미일 걸세. 새로 태어난 주느비에브를 데려온다고 생각하겠지. 자네에게 사랑이란 두 눈에서 반짝이는 빛과 같을 테지. 자네가 그녀에게서 가끔 보았던 것처럼 말일세. 그리고 램프처럼 쉽게 그 불씨를 키울 수 있으리라 생각하겠지. 사실 어떤 순간에는 지극히 단순한 말이 엄청난 힘을 가진 것만 같고 사랑을 쉽게 키워주기도 하지…….

그런데 산다는 건 말이야, 그것과는 다른 문제 아닐까.

7

주느비에브는 커튼과 안락의자를 부드럽게 쓰다듬는 일이 어색하다. 새로 발견한 경계선 표지를 만져보는 기분이다. 이제까지는 이렇게 손으로 어루만지는 일이 하나의 놀이였다. 이제까지는 이런 세간살이쯤이야 연극 무대에서처럼 아주 쉽게 나타났다 사라지게 할 수 있었다. 그녀는 취향이 아주 확실했고, 이 페르시아 양탄자와 투알 드 주이*가 정확히 무엇을 의미하는지 한 번도 궁금해한 적이 없었다. 지금까지 이런 고급스런 장식들이 집 안의 이미지를 그토록 아늑하게 만들어주고 있었음을, 그

---

* 회화적인 무늬나 꽃무늬를 날염한 천 또는 그러한 문양. 베르사유 근교인 주이 지방에서 처음 생산되었으며 18세기 말~19세기 초에 프랑스에서 유행했다.

녀는 이제야 깨달았다.

'아무것도 아니야. 내 것이 아닌 생활이 아직 낯설어서 이러는 것뿐이야.'

주느비에브는 생각했다. 그녀는 안락의자에 몸을 파묻고 두 눈을 감았다. 급행열차의 객실에 앉은 느낌이다. 살아가는 매순 간마다 집과 숲과 마을이 뒤로 휙휙 지나가버린다. 하지만 열차 안 간이침대에서 눈을 뜨면 보이는 것은 매번 똑같은 것, 객차에 달린 구리로 된 고리뿐이다. 사람은 자신도 모르게 변한다.

"일주일 정도가 지나면 될까? 그때 눈을 떠야지. 그러면 난 새 로운 사람이 되어 있을 거야. 그가 날 새로운 곳으로 데려갈 테 니까."

갑자기, 현실에서 베르니스의 목소리가 들렸다.

"우리 보금자리 어때?"

그녀는 이 상황이 이르다고 깨닫고 베르니스를 물끄러미 바 라본다. 자신의 느낌을 어떻게 표현해야 할지 모르겠다. 이 실 내 장식은 오래가지 못할 것 같다. 뼈대가 튼튼하지 않기 때 문에…….

"이리 와, 자크, 당신 거기 있었구나……."

희미한 빛이 남자 혼자 사는 집의 벽지와 긴 의자 위를 비춘다. 벽에는 모로코 직물들이 걸려 있다. 모두 5분이면 걸었다 떼었다 할 수 있는 것들.

"자크, 왜 벽을 가려놨어? 왜 손으로 벽을 만져보기 힘들게 해놨어?"

그녀는 손바닥으로 돌을 쓰다듬기를 좋아한다. 집 안에서 가장 안전하고 튼튼한 것을 어루만지는 게 좋다. 배처럼 오랫동안 사람들을 태우고 갈 수 있는⋯⋯.

그는 자신의 보물인 '기념품들'을 보여준다. 그녀는 이해한다. 그녀는 파리로 돌아와 유령처럼 생활하던 식민지 주둔 장교들을 알고 있었다. 그들은 큰길에서 서로 마주치면 상대가 살아 있다는 사실에 흠칫 놀라곤 했다. 그들의 집에 가보면 사이공이나 마라케시에 있는 집이 어떨지 대강 짐작이 갔다. 그들은 그곳에서 여자나 동료, 승진에 관한 이야기를 나누었다. 하지만 사이공이나 마라케시*에서는 벽의 살아 있는 피부와도 같았을 벽걸이 천들이, 파리에 있는 집에서는 죽은 것처럼 보였다.

그녀는 손가락으로 시시해보이는 구리 제품들을 만져보았다.

"내 장식품들이 마음에 안 들어?"

"미안해, 자크⋯⋯ 이건 좀⋯⋯."

---

* 모로코 중서부의 도시. 사하라 사막 북쪽 근처에 위치한다.

그녀는 차마 '저속하다'는 말은 할 수 없었다. 그러나 세잔의 모사화가 아닌 세잔이 직접 그린 그림을, 모조 가구가 아닌 진짜 가구만을 알고 사랑해온 확고한 취향이 있었기에, 그녀는 자크의 장식품들을 은근히 무시하는 마음이 들었다. 그녀는 아주 너그러운 마음으로 모든 것을 희생할 준비가 되어 있었기에 벽에 회칠을 한 감방에서의 삶도 잘 견뎌낼 줄 알았다. 하지만 이곳에서는 어쩐지 그녀 자신의 체면이 조금 깎이는 기분이 들었다. 부잣집 딸의 섬세함 때문이 아니라, 이상한 생각이지만 자신의 정직한 모습이 손상되는 것 같았다. 베르니스는 이해를 할 순 없어도 그녀가 불편해한다는 걸 눈치챘다.

"주느비에브, 나는 당신을 예전만큼 안락하게 해줄 수는 없어. 난……."

"오! 자크! 뭐라는 거야. 무슨 생각을 하는 거야! 그런 건 상관없어."

그녀는 그의 품에 안기며 말했다.

"난 그저 당신의 양탄자보다는 왁스칠이 잘된 단순한 마룻바닥이 더 좋아서 그래…… 내가 다 손볼게……."

그러다가 그녀는 말을 멈추었다. 자신이 원하는 소박한 꾸밈새가 훨씬 더 사치스럽다는 것을, 얼굴에 가면을 씌우듯 겉모습을 가리는 것보다 훨씬 더 많은 물건이 필요하다는 사실을 깨달았기 때문이다. 어렸을 적 놀던 커다란 방, 반짝이는 호두나무 마루, 몇 세기가 흐르도록 유행에 뒤처지지도 낡지도 않는 거대한 탁자들…….

그녀는 묘하게 우울했다. 그동안 누리던 부유함이 아쉽다거나 부유함 덕분에 할 수 있던 일들을 못하게 되어서가 아니었다. 아마도 그녀는 필요 없는 물건이 무엇인지 자크만큼은 몰랐을 것이다. 하지만 그녀는 이 새로운 삶에서는 없어도 되는 물건이 얼마나 많은지 알게 되리라는 점을 분명히 깨달았다. 물론 그런 물건들이 꼭 필요하지는 않았다. 하지만 물건들이 오래 지속되리라는 확신은 이제 사라지고 말았다. 그녀는 생각했다.

'전에는 물건들이 모두 나보다 오래된 것이었어. 그것들이 나를 환영해주고, 나와 함께해주고, 언젠가는 나를 보살펴줄 거라는 확신이 있었는데. 그런데 이제는, 내가 이 물건들보다 오래 살겠구나.'

그녀는 이런 생각도 한다.

'시골에 갔을 때는…….'

그녀는 울창한 보리수나무 사이로 보이던 그 집을 떠올린다. 그 집에서 가장 영구적인 존재가 있었다. 땅속까지 박혀 있는, 넓적한 돌로 만들어진 현관 계단이었다.

그곳에서는…… 그녀는 겨울을 상상해본다. 숲속의 바싹 마른 나뭇가지를 모두 떼어내 정리하고, 집의 윤곽을 하나하나 드러내는 겨울. 겨울이면 세상의 뼈대를 볼 수 있다.

주느비에브는 지나가면서 휘파람으로 개들을 부른다. 그녀가 한 발짝 내디딜 때마다 나뭇잎이 바스락 소리를 낸다. 그러나 겨울이 이렇게 마른 풀을 모두 뽑아내고 정돈을 마치면, 봄이 뼈대를 채우고, 나뭇가지에 오르고, 새싹을 터뜨리고, 물처럼 깊고 물처럼 역동적인 녹색 지붕을 새롭게 단장해 주리라는 것을 그녀는 안다.

그곳에서는 그녀의 아들이 아직 완전히 사라지지 않았다. 그녀가 반쯤 숙성된 마르멜로* 열매를 뒤집어 놓으려고 지하 저장고에 들어설 때, 아이는 그곳에서 막 빠져나온다. '아가, 그렇게 뛰어다니고 신나게 놀았으니 이제 자러 가야지?'

그곳에서 그녀는 죽은 자들의 신호를 알 수 있다. 그리고 그런 것들이 두렵지 않다. 살아 있는 모두가 집 안을 감도는 침묵에 각자의 침묵을 보탠다. 읽던 책에서 눈을 들어 숨을 죽인 채, 방금 사라진 그 소리를 음미한다.

죽은 이들이 사라졌다고? 변해가는 사람들 가운데 그들만이 영속적인데도, 그들의 마지막 얼굴이 그토록 진실하여 그 무엇

---

* 모과와 비슷하게 생긴 열매. 유럽모과라고도 불리며 잼이나 음료 등을 만든다.

도 그 얼굴을 부인할 수 없는데도!

'이제 나는 이 사람을 따라가고, 이 사람 때문에 괴로움도 겪을 테고, 이 사람을 의심도 하겠지.'

인간은 애정과 거절을 혼동하기 마련이고, 그녀는 애정과 거절의 역할이 분명하게 정해진 사이에서만 그 둘을 구별해낼 줄 알았기 때문이다.

그녀는 눈을 뜬다. 베르니스는 생각에 잠겨 있다.

"자크, 당신이 날 보호해줘. 나는 이렇게 초라하게, 가진 것 없이 떠나는 거니까!"

필연성도 전혀 없고 책 속의 것보다 그리 현실적이지도 않은 광경들만 펼쳐지는 세상 속에서, 다카르에 있는 집과 부에노스아이레스에 있는 군중들 속에서, 그녀는 그것들보다 더 오래 살아남게 될 것이다. 그녀를 보호해줄 베르니스의 힘이 충분히 강하지 않다면 말이다.

하지만 베르니스는 그녀에게로 몸을 숙이고 다정하게 말한다. 그가 보여주는 이러한 이미지를, 숭고한 본질을 가진 이러한 애정을 그녀는 기꺼이 믿고 싶다. 그녀는 사랑이 주는 이미지를 사랑하고 싶다. 자신을 지킬 수 있는 것은 오직 이 희미한 이미지뿐이므로……

오늘 밤 그녀는 쾌락 속에서 그의 이 약한 어깨를, 이 튼튼하

지 못한 피난처를 찾아내어 죽어가는 짐승처럼 거기에 얼굴을
파묻을 것이다.

8

"베르니스, 왜 날 여기로 데려오는 거야?"

"주느비에브, 이 호텔이 마음에 안 들어? 다른 데로 갈까?"

"응, 그렇게 하자……."

그녀가 두려운 듯 말한다.

헤드라이트 불빛이 어둡다. 그들은 구멍 속을 파고들듯 어둠 속을 힘겹게 헤치고 나아간다. 베르니스가 이따금 옆을 흘끗거린다. 주느비에브의 얼굴이 창백하다.

"추워?"

"조금, 괜찮아. 모피 옷 가져오는 걸 깜박했네."

그녀는 몹시 덤벙대는 소녀 같다. 그녀가 미소를 지어 보인다.

비가 내리기 시작한다.

"젠장!"

자크는 혼자 중얼거렸지만, 지상낙원에 다가가는 길은 으레 이럴 거라 생각했다.

상스* 부근에 다다랐을 때 자동차 점화 플러그를 교체해야 했다. 베르니스는 휴대용 전등을 챙기는 걸 잊었다. 깜박한 물건이 또 하나 있었던 것이다. 그는 말을 잘 듣지 않는 스패너**를 들고 빗속을 더듬거렸다.

"기차를 탔어야 했는데."

그는 이 말을 강박적으로 되뇌었다. 그는 자동차가 주는 자유의 이미지 때문에 자동차를 더 좋아했다. 하지만 자유는 무슨! 게다가 그는 이번 도피를 시작한 뒤로 줄곧 어리석은 짓만 해왔다. 두고 온 것들은 또 얼마나 많은지!

"잘 돼가?"

주느비에브가 그에게 다가왔다. 그녀는 문득 포로가 된 기분이었다. 보초병처럼 서 있는 나무 한두 그루와 도로 정비공의 미련스럽게 작은 저 오두막. 세상에, 정말 바보 같은 생각이지만…… 여기서 영원히 살게 되는 건 아닐까?

---

* 파리에서 남동쪽으로 110킬로미터쯤 떨어진 도시.

** 볼트나 너트를 조이거나 풀 때 사용하는 공구.

수리가 끝났다. 그가 그녀의 손을 잡으며 말했다.

"당신 열이 나는데!"

그녀가 미소를 지었다…….

"응…… 조금 피곤해. 한숨 자고 싶어."

"비도 오는데 차에서 왜 내렸어!"

엔진은 여전히 시원찮아서 갑자기 꺼지기도 하고 덜그럭거리기도 했다.

"우리 도착할 수 있을까, 자크?"

그녀는 열에 휩싸여 반쯤 잠든 상태였다.

"도착할 수 있을까?"

"도착하고말고, 내 사랑. 곧 상스야."

그녀는 한숨을 쉬었다. 제 능력에 벅찬 일을 시도했던 것이다. 이 모든 것이 저 헐떡거리는 엔진 때문이었다. 나무 한 그루 한 그루가 너무 무거워서 앞으로 끌어당기기가 힘들었다. 한 그루 지나면 한 그루. 그다음엔 또 한 그루. 몇 번이고 그렇게 다시 시작해야 했다.

'안 되겠군, 차를 또 세워야겠어.'

베르니스가 생각했다. 또 고장인가 생각하니 이제는 겁이 났다. 바뀌지 않고 그대로인 풍경이 두려웠다. 그 때문에 저 밑에 잠재되어 있던 생각이 꿈틀거렸다. 그는 알 수 없는 어떤 힘이 모습을 드러내는 것 같아 무서웠다.

"주느비에브, 오늘 밤 일은 생각하지 말고…… 곧 있을 일을 생각해봐…… 그래…… 스페인을 생각해. 스페인 좋아하지?"

가냘픈 목소리가 어렴풋이 대답했다.

"그래, 자크, 행복해. 하지만…… 강도들이 좀 무섭네."

그녀가 살며시 웃어 보였다. 그 말에 베르니스는 마음이 아팠다. 그것은 '스페인 여행이라니, 동화 속 이야기 같잖아……'라는 말밖에 되지 않았다. 신뢰가 가지 않는다는 뜻이다. 믿음이 없는 군대처럼. 믿음이 없는 군대는 승리할 수 없다.

'주느비에브, 오늘 밤 때문에, 이 비 때문에 우리의 믿음에 균열이 생기는 거야……'

그는 갑자기 이 밤이 지긋지긋하게 낫지 않는 질병 같다는 생각이 들었다. 입안에서 고질병 같은 맛이 느껴졌다. 새벽이 오리라는 희망도 없는 그런 밤이었다. 그는 밤과 힘겹게 맞서며 마음속으로 또박또박 말했다.

'비만 그친다면, 새벽이 이 병을 고쳐줄 텐데…… 이 비만 그쳐준다면……'

그들 안에서 무언가 병들어가고 있었지만, 그는 알지 못했다. 그는 썩어가는 것은 땅이고, 병든 것은 밤이라고 생각했다. 불치선고를 받은 환자들이 "날이 밝으면 한숨 돌릴 수 있을 거야"라

거나 "봄이 오면 젊은 기운이 넘치겠지"라고 말하는 것처럼, 그
는 그렇게 새벽을 기다렸다.

"주느비에브, 그곳에 있을 우리 집을 생각해봐……."

하지만 그는 금세 깨달았다. 이 말을 하지 말았어야 했다. 주
느비에브에게 그 집의 이미지를 심어줄 만한 것이 아무것도 없
었기 때문이다.

"그래, 우리 집……."

그녀는 그 단어를 소리 내어 말해보았다. 그 말의 온기는 스치
듯 사라지고, 그 말의 풍미는 덧없이 달아났다.

그녀는 뭔지 모르겠지만 말의 형태로 나오려는 생각들을, 자
신을 두렵게 만드는 여러 생각들을 털어냈다.

베르니스는 상스 어디에 호텔이 있는지 몰라 가로등 아래에
차를 세우고 여행 안내서를 살펴보았다. 가물가물 꺼져가는 가
스등이 흔들리는 그림자를 만들어내고, 희끄무레한 벽에 빛바
랜 간판을 비춰 보였다. '자전거……' 말고는 간판에 있는 글씨
를 알아보기 힘들었다. 그에게는 지금껏 읽은 것 중 가장 서글프
고 가장 저속하게 여겨지는 단어였다. 보잘것없는 삶의 상징. 그
는 지금까지 자신의 삶에서 많은 것이 보잘것없었는데 미처 알
아채지 못했다는 생각이 들었다.

"거, 불 좀 빌립시다, 부르주아 양반……."

깡마른 불량배 셋이 실실대며 그를 바라보았다.

"이 미국인들이 길을 찾나 본데……."

그러더니 그들은 주느비에브를 뚫어져라 쳐다보았다.

"꺼져."

베르니스가 나직이 으르렁거렸다.

"어, 애인이 반반한데? 근데 저기 29번지에 있는 우리 애인을 한번 보면……!"

주느비에브는 조금 겁이 나서 베르니스에게 몸을 기댔다.

"저 사람들이 뭐라는 거야? …… 제발, 우리 그냥 가자."

"하지만 주느비에브……."

그는 애써 말을 삼켰다. 우선 그녀를 위해 호텔을 찾아야 했다……. 이 술 취한 놈들이 무슨 대수겠는가? 그리고 나자 그녀가 열이 있고 힘들어하고 있다, 이런 놈들과 마주치지 말았어야 했다는 생각이 들었다. 그는 이런 추잡한 일에 그녀를 얽히게 만들었다면서 병적일 만큼 집요하게 자신을 책망했다. 그는…….

글로브 호텔은 닫혀 있었다. 밤이 되니 작은 호텔들은 모두 잡화점처럼 보였다. 그는 느릿느릿한 발소리가 들려올 때까지 한참 동안 문을 두드렸다. 야간 관리인이 문을 열며 말했다.

"빈방 없어요."

"부탁입니다. 제 아내가 아파요!"

베르니스가 간청했다. 문이 다시 닫혔다. 발소리가 복도 안쪽으로 사라졌다.

다들 한통속이 되어 그들을 내치는 것 같았다…….

"뭐래? 왜, 어째서 대답도 안 해줘?"

주느비에브가 물었다.

베르니스는 하마터면 이렇게 말할 뻔했다. 여기는 파리의 방돔 광장*이 아니라고, 작은 호텔들은 자기 배가 부르면 잠들어버린다고. 그것은 너무도 당연한 일이었다. 그는 아무 말 없이 운전석에 앉았다. 얼굴이 땀으로 번들거렸다. 그는 시동도 걸지 않고 번들번들한 도로를 뚫어져라 바라보았다. 빗물이 목덜미로 흘러내렸다. 무기력한 온 세상을 일으켜야 할 것만 같았다. 다시 한번 어리석은 생각이 들었다. 이 밤이 지나고 날이 밝기만 한다면 모든 게 괜찮아질 것 같은…….

이런 순간에는 정말로 인간적인 말 한마디가 필요했다. 주느비에브가 먼저 그런 말을 꺼냈다.

"이런 일쯤이야 아무것도 아니야, 내 사랑. 우리의 행복을 위해선 노력해야지."

베르니스가 그녀를 바라보았다.

---

* 파리 1구의 광장. 호화 건물과 보석점이 즐비하며, 도시적인 분위기를 풍긴다.

"맞아, 당신은 정말 너그러워."

그는 감동했다. 그녀에게 키스하고 싶었다. 하지만 이 비, 이 불편함, 이 피곤함이 느껴졌다……. 그래도 그는 그녀의 손을 잡아주었다. 그녀의 몸에 열이 오르는 것이 느껴졌다. 매 순간이 그녀의 몸을 쇠약하게 만들고 있었다. 그는 이런저런 이미지들을 떠올리며 마음을 가라앉혔다. '아주 뜨끈한 그로그*를 만들어줘야지. 그럼 아무렇지도 않을 거야. 뜨겁게 한 잔. 그리고 담요로 감싸주자. 그러면 이 힘겨운 여정을 떠올리면서, 서로를 바라보며 웃을 수 있겠지.' 그는 막연한 행복을 느꼈다. 하지만 눈앞에 닥친 현실은 이런 이미지와는 당최 어울리지 않았다. 다른 호텔 두 곳에서는 사람이 나와 보지도 않았다. 이미지들. 그는 매번 이미지들을 다시 상상해 만들어야 했다. 그럴 때마다 이미지들은 조금씩 선명함을 잃어갔고, 이미지들이 품고 있던 희미한 실현 가능성도 그렇게 사라졌다.

주느비에브는 아무 말이 없었다. 그는 그녀가 더는 불평도 하지 않고 아무 말도 하지 않으리라 느꼈다. 그가 몇 시간을, 며칠을 운전해 달려도 그녀는 아무 말도 하지 않을 것 같았다. 다시는. 그가 그녀의 팔을 비틀어도 그녀는 아무 말도 하지 않을 것

---

* 럼 또는 독한 주류에 물, 레몬즙, 설탕 등을 넣은 음료. 주로 겨울에 마신다.

같았다…….

‘내가 허튼 생각을 하고 있네. 꿈을 꾸는 거야!’

“주느비에브, 내 사랑. 많이 아파?”

“아니, 이제 괜찮아. 좀 나아졌어.”

그녀는 지금 많은 것에 절망하던 참이었다. 많은 것을 단념하던 참이었다. 누구를 위해서? 그를 위해서. 그가 그녀에게 해줄 수 없는 것들을. 좀 나아졌다니…… 그건 망가진 용수철 같은 것이다. 순응하다 보면 이렇게 점점 나아질 것이다. 그러고는 행복을 단념하게 될 것이다. 그러다가 완전히 좋아지면…….

‘이런! 이게 무슨 바보 같은 생각이야. 내가 아직도 꿈을 꾸는 건가.’

에스페랑스 에 앙글르테르 호텔은 비즈니스 여행객을 대상으로 특별 할인을 했다.

“내 팔에 좀 기대, 주느비에브……. 네, 방 하나요. 아내가 아파서요. 그로그 한 잔 얼른 부탁합니다! 뜨거운 걸로요.”

비즈니스 여행객은 특별 할인이라. 그 말이 왜 이렇게 서글픈 걸까?

“여기 앉아. 좀 나아질 거야.”

그로그는 왜 아직 안 오지?

나이 든 여자 종업원이 서둘러 시중을 들었다.

"아이고, 부인. 딱하셔라. 덜덜 떨고 계시네, 얼굴도 창백하고. 탕파* 하나 준비해 드릴게요. 14호실, 아주 널찍하고 좋은 방이에요……. 숙박계 좀 써주시겠어요, 선생님?"

지저분한 펜대를 손에 쥐자, 그는 자신과 그녀의 성이 다르다는 점을 문득 깨달았다. 호텔 종업원들이 주느비에브를 그들 멋대로 생각할 것 같았다.

'나 때문이야. 정말 센스도 없지.'

이번에도 그녀가 도움을 주었다.

"애인 사이라고 써. 그게 정답지 않나?"

그들은 파리에 대해, 스캔들에 대해 생각했다. 동요하는 여러 얼굴들이 떠올랐다. 둘 다에게 곤란한 일이 이제 막 시작되었다. 하지만 그들은 서로 같은 생각을 하고 있을까 두려워 말을 아꼈다.

그리고 베르니스는 지금까지 정작 아무 일도 없었음을 깨달았다. 엔진이 조금 말썽이었고, 비를 몇 방울 맞았고, 호텔을 찾느라 10분을 허비한 것 말고는 아무 일도 없었음을. 그들이 극복한 것처럼 보였던 고달픈 난관들은 그들 자신에게서 비롯된 것이었다. 주느비에브가 힘들어하는 것은 바로 그녀 자신이었으

---

* 뜨거운 물을 넣어 몸을 따뜻하게 하는 기구. 쇠나 자기 등으로 되어 있다.

며, 자신에게서 떼어놓으려 하는 것이 어찌나 질긴지 그녀는 벌써 너덜너덜해져 있었다.

그는 그녀의 손을 잡았지만, 몇 마디 말로는 아무 소용이 없으리란 사실을 다시금 깨달았다.

그녀는 잠들어 있었다. 그는 사랑에 대해서는 생각하지 않았다. 하지만 이상한 몽상에 빠져 있었다. 어렴풋한 추억들. 램프의 불꽃. 서둘러 램프에 기름을 채워야 한다. 그리고 세찬 바람으로부터 그 불꽃을 보호해야 한다.

그러나 무엇보다 그 초연한 모습이란. 그는 주느비에브에게 물욕이라도 있었으면 싶었다. 물건 때문에 괴로워하고, 물건 덕분에 감격하고, 아이처럼 물건이 갖고 싶다고 울며불며 떼를 썼으면 싶었다. 그러면 그는 비록 가난하더라도 그녀에게 줄 것이 많을 텐데. 하지만 그는 굶주리지 않은 이 아이 앞에 불쌍하게 무릎을 꿇었다.

9

"아니, 아무것도…… 날 내버려둬…… 아! 벌써?"

베르니스가 서 있다. 주느비에브의 꿈속에서 그의 몸짓은 배를 끄는 사람의 몸짓처럼 무거웠다. 사람들을 저마다의 수렁에서 빛으로 이끄는 사도의 몸짓 같았다. 그의 발걸음 하나하나가 무용수의 걸음처럼 충만한 의미를 담고 있었다.

"오! 내 사랑……."

그가 이리저리 서성거리는 모습이 우스꽝스럽다.

저 유리창이 새벽빛으로 얼룩진다. 지난밤, 유리창은 어두운 푸른색이었다. 램프 불빛을 받아 진한 사파이어 빛을 띠고 있었다. 지난밤, 유리창은 별들이 있는 곳까지 깊숙이 뚫고 나간 것 같았다. 꿈을 꾼다. 상상을 해본다. 뱃머리에 서 있는 것 같다.

주느비에브는 무릎을 끌어당겨, 덜 익은 빵처럼 물렁거리는 피부를 느껴본다. 심장이 너무 빨리 뛰어 아플 지경이다. 달리는 기차 안에 있는 것만 같다. 기차의 차축 소리가 이 도피와 박자를 맞춰 쿵쿵거린다. 차축이 심장처럼 뛴다. 이마를 차창에 대면 풍경이 흘러간다. 마침내 지평선이 검은 덩어리들을 거두어, 죽음처럼 온화한 평화로 그것들을 조금씩 에워싼다.

주느비에브는 베르니스에게 "날 잡아줘!"라고 소리치고 싶었다. 그때, 사랑하는 이의 두 팔이 당신의 현재, 과거, 미래와 함께 당신을 감싸 안아준다. 사랑하는 이의 두 팔이 당신의 모든 것을 안아준다.

"아니. 날 내버려둬."

그녀가 일어선다.

10

'이 결정은, 이 결정은 우리와 무관하게 이루어진 거야.'

베르니스는 생각했다. 모든 것이 서로 말 한마디 나누지 않고 진행되었다. 마치 이렇게 돌아가기로 처음부터 합의한 것처럼. 베르니스는 아픈 사람을 데리고 이 여행을 계속 밀고 나갈 수는 없다고 생각했다. 나중에 다시 상황을 살필 일이었다. 에를랭도 멀리 떠나 있느라 잠시 자리를 비웠으니, 모든 것이 순조롭게 정리되리라. 베르니스는 모든 일이 이토록 쉬워 보인다는 것이 놀라웠다. 사실은 모든 일이 쉽지 않다는 점도 잘 알고 있었다. 둘이서 쉽게 처신했을 뿐.

게다가 그는 스스로에게도 의심이 일었다. 그는 자신이 또다시 환상 속의 이미지에 굴복하고 말았음을 잘 알았다. 하지만 그

이미지들은 얼마나 깊은 곳에서 오는가? 오늘 아침 눈을 뜨자마자 그는 낮고 칙칙한 천장을 보며 생각에 잠겼다.

'그녀의 집은 한 척의 배였어. 한 세대에서 다른 세대로 전해지며 이곳저곳을 옮겨 다녔지. 여행이란 이곳에서든 다른 곳에서든 다 똑같긴 하지만, 배표가 있고, 선실이 있고, 노란 가죽으로 된 여행가방이 있다는 것만으로도 얼마나 안심이 되는지. 배에 올라탄다는 것만으로도……'

그는 자신이 고통스러운지 아닌지도 알쏭달쏭했다. 그는 이미 비탈길을 따라 내려가고 있었고, 미처 알아차리기도 전에 미래가 닥쳐왔기 때문이다. 사람이란 자신을 포기하면 고통을 느끼지 않는 법이다. 슬픔에 빠졌을 때도 자신을 내맡겨버리면 더는 고통스럽지 않다. 나중에 몇몇 이미지를 마주하게 될 때나 고통스러워할 것이다. 그렇기에 그는 자신들이 맡은 이 후반부 역할을 편안하게 연기하는 것도 자신들의 내면 어딘가에 그것이 이미 예정되어 있기 때문임을 알았다. 더는 상태가 나아지지 않는 엔진을 이끌고 가며 그는 이렇게 생각했다. 어떻든 도착하겠지. 비탈길을 내려가고 있으니까. 이 내리막길의 이미지가 머릿속에 늘 떠다녔다.

퐁텐블로* 근처에 이르자 주느비에브는 갈증을 느꼈다. 풍경 하나하나가 눈에 익숙한 곳이었다. 평온하게 자리 잡은 풍경에 마음이 편해졌다. 날이 밝으려면 꼭 필요한 배경이었다.

그들은 허름한 식당에 들러 우유를 마셨다.

서두를 필요가 뭐 있겠는가? 그들에게 일어나는 모든 일은 필연인 것을. 이 필연성의 이미지가 머릿속에 늘 떠다녔다.

주느비에브는 상냥했다. 그에게 많은 것을 고마워했다. 그들은 어제보다 훨씬 허물없는 사이가 되었다. 그녀는 문 앞에서 모이를 쪼는 새 한 마리를 가리키며 미소를 짓기도 했다. 그녀의 얼굴이 달라 보였다. 이런 얼굴을 그는 어디서 봤던가?

그래, 여행객들에게서, 조금 있으면 자신의 삶에서 벗어나게 될 여행객들에게서 이런 얼굴을 보았다. 부두에 선 여행객의 얼굴은 이미 웃고 있고, 알 수 없는 흥분으로 활기를 띤다.

그는 다시 눈을 들어 그녀를 바라보았다. 고개를 숙인 채 생각에 잠긴 그녀의 옆모습이 보였다. 그녀가 조금만 고개를 돌리면, 그는 그녀를 잃을 것 같았다.

아마도 그녀는 여전히 그를 사랑하겠지만, 나약한 소녀에게 너무 많은 것을 요구해서는 안 된다. 물론 그는 "당신에게 자유

---

* 파리 남동쪽의 도시.

를 돌려줄게"라든가 그와 비슷한 터무니없는 말은 할 수 없었다. 그는 자신이 무엇을 할 것인지에 대해, 자신의 미래에 대해 이야기했다. 그리고 그가 계획하는 삶 속에 그녀는 없었다. 그녀는 그에게 고마움을 표하려고 작은 손을 그의 팔에 얹고 이렇게 말했다.

"당신이 내 전부야…… 전부. 내 사랑."

그것은 사실이었다. 하지만 이 말을 들은 그는 자신들이 서로의 인연이 아님을 깨달았다.

고집이 세지만 상냥한 그녀. 모질고 냉정하고 옳지 못한 구석도 있지만 그런 점을 자각하지 못하는 사람. 막연한 것일지라도 자신의 소유물을 지키기 위해서는 어떤 대가든 치르려는 사람. 침착하고 상냥한 사람이 주느비에브였다.

그녀는 에를랭과도 인연이 아니었다. 에를랭도 그 사실을 알고 있었다. 그녀가 다시 시작하겠다고 말한 이전의 삶은 그녀에게 해만 끼칠 뿐이었다. 그렇다면 주느비에브의 인연은 무엇이었을까? 그녀는 고통스러워 보이지 않았다.

그들은 다시 길을 떠났다. 베르니스는 왼쪽으로 살짝 고개를 돌렸다. 더는 괴롭지 않으리라는 걸 그는 알고 있었다. 하지만 그의 마음속에서는 상처 입은 짐승이 설명할 수 없는 눈물을 흘리고 있었다.

파리에서는 아무 소란도 없었다. 그들이 어지럽힌 거라고 해
봐야 그리 대단한 일이 아니었던 것이다.

11

이 모든 게 다 무슨 소용인가? 파리는 그의 주변에서 쓸데없이 법석을 부리고 있었다. 이런 혼란 속에선 아무것도 얻을 게 없다는 사실을 그는 잘 알았다. 그는 낯선 행인들 사이를 천천히 거슬러 걸어갔다.

'내가 여기 없는 것 같군.'

얼마 있으면 그는 다시 떠나야 했다. 차라리 잘된 일이었다. 자신과 자신의 직업이 물질적 관계로 얽혀 있다 보니 다시 현실감을 찾게 되리라는 걸 그는 알고 있었다. 또 일상생활에서는 아주 작은 일이라도 중요한 사실이 되고, 정신적 충격으로 인한 참담함도 얼마쯤은 잦아든다는 점도 알고 있었다. 기항지에서 주고받는 농담조차 그 흥취를 그대로 간직할 것이다. 이상하면서도 분명한 사실이었다. 그러나 그는 자신에게 관심이 없었다.

그는 노트르담 대성당 근처를 지나다 성당 안으로 들어갔고, 너무 많은 인파에 놀라 기둥 뒤로 몸을 피했다. 그는 왜 여기에 있는 것일까? 그 자신도 궁금했다. 결국, 이곳에서는 시간이 그를 무언가로 이끌어주기 때문이었다. 바깥에서의 시간은 그를 무엇으로도 이끌어주지 못했다. 그랬다.

'바깥에서의 시간은 무엇으로도 이어지지 않았어.'

그는 또 자기 자신을 들여다봐야겠다고 느꼈고, 그게 무엇이건 마음을 수련하면 된다는 생각으로 신앙에 자신을 내맡긴 것이다. 그는 속으로 말했다.

'나 자신을 표현해주고 나를 하나로 모아주는 방편을 찾아낸다면, 나에겐 그게 진리일 거야.'

그리고 힘없이 덧붙였다.

'그렇다 해도 그걸 믿지는 않겠지만.'

그러다 문득 자신이 마치 배를 타고 떠돌아다니는 도망자 처럼 일생을 허비한다는 기분이 들었다. 그래서 설교가 시작되자 마치 출발 신호가 울린 것처럼 불안해졌다.

"천국은……."

설교가 시작되었다.

신부는 설교단의 널따란 가장자리에 두 손을 얹고 군중을 향해 몸을 굽혔다. 빽빽하게 모인 신도들이 모든 말씀을 자양분으로 흡수하려는 듯 집중하고 있었다. 이들에게 양분을 주어야지. 신부의 머릿속에 아주 명확한 이미지들이 떠올랐다. 신부는 그물에 걸린 물고기를 생각하며 얼른 덧붙였다.

"갈릴리의 어부가……."

신부는 오래도록 기억에 남아 곱씹게 만들 단어들만을 사용했다. 그렇게 그는 청중에게 서서히 영향력을 행사하는 듯했고, 달리기 선수가 점차 보폭을 넓히며 뛰어가듯 기세를 높여갔다.

"만약 여러분이…… 여러분이 그 크나큰 사랑을 안다면……."

그는 숨을 조금 헐떡이며 말을 멈추었다. 감정이 너무 북받쳐 말로 표현하기 힘들어 보였다. 흔히들 쓰는 지극히 사소한 단어조차 너무 많은 의미를 담고 있다고 느낀 신부는 자신이 하는 말의 의미를 더 이상 구별할 수 없었다. 촛불의 빛 때문에 그의 얼굴이 밀랍처럼 보였다. 신부는 두 손으로 설교단을 짚은 채로 고개를 들고 몸을 똑바로 세웠다. 그가 긴장을 늦추면, 바다가 일렁이듯 청중도 몸을 조금 움직였다.

이어 할 말이 떠오른 신부가 말을 쏟아냈다. 그는 놀랄 만큼 확신에 차 이야기했다. 자기 힘이 얼마나 센지 잘 아는 하역 인부처럼 가뿐했다. 인부가 짐 하나를 옮기면 누군가가 옆에서 다음 짐을 건네주듯, 신부가 한 문장을 말하고 나면 그 다음 생각이 외부에서 만들어져 그에게로 들어왔다. 그리고 그가 부여하려는 이미지, 청중에게 전하려는 교리가 그의 내부에서 솟아오르는 것을 어렴풋이 느꼈다.

베르니스는 이제 설교의 마지막 부분에 귀를 기울이고 있었다.

"나는 모든 생명의 근원이다. 나는 그대들 속으로 들어가 그대들을 살게 하고 다시 빠져나가는 조수(潮水)다. 나는 그대들 속으로 들어가 그대들의 마음을 찢어놓고 다시 물러나는 고통이다. 나는 그대들 속으로 들어가 영원토록 지속되는 사랑이다.

그리고 그대들은 마르키온*과 제4복음서를 내세워 내게 대항하려 한다. 그대들은 복음의 변조된 부분에 대해 내게 이야기하려 한다. 그대들은 인간의 하찮은 논리로 내게 대적하려 한다. 그러나 나는 저 위에 있는 존재이며, 바로 그 논리로부터 그대들을 구원하는 것이다!

오, 갇힌 자들이여, 내가 하는 말을 알아들어라! 나는 그대들을 그대들의 학문으로부터, 그대들의 관례로부터, 그대들의 규칙으로부터, 그 정신적 노예 상태로부터, 운명보다 가혹한 그 결정론으로부터 자유롭게 해주노니. 나는 갑옷에 난 틈새이며, 감

---

* 2세기경의 성서학자로 초기 기독교에서 이단으로 간주된다.

116

옥에 난 천창이다. 나는 계산상의 오류다. 나는 곧 생명이다.

오, 연구실을 차지해온 이들이여, 그대들은 별의 운행을 하나로 정리했지만, 그에 대해 더는 알지 못한다. 그것은 그대들의 책 속에 있는 하나의 기호일 뿐, 이제 더는 빛이 아니다. 그대들은 별에 대해 어린아이보다도 아는 것이 없다. 그대들은 인간의 사랑을 지배하는 법칙도 발견했지만, 그 사랑조차 그대들의 기호에서 벗어나버린다. 그대들은 사랑에 대해 어린 여자아이보다도 아는 것이 없다! 그러니, 내게로 오라. 이 감미로운 빛을, 이 빛나는 사랑을 그대들에게 돌려주리니. 그대들을 노예로 삼는 것이 아니라, 그대들을 구원하는 것이다. 열매가 떨어지는 것을 처음으로 계산하여 그대들을 속박에 가둔 사람으로부터, 내가 그대들을 해방시켜 주리니. 나의 집만이 유일한 탈출구이니, 나의 집 밖에서 그대들은 어찌 되겠는가?

나의 집, 이 배에서는 반짝이는 뱃머리 위로 바닷물이 솟구쳐 흐르듯 시간이 온전한 의미를 지닌 채 흐르고 있다. 그런데 이 배를 나간다면 그대들은 어찌 되겠는가? 바다의 흐름은 소리 없이 섬들을 떠받치고 있다. 바다의 흐름이란 그런 것이다.

내게로 오라, 노력이 그 무엇으로도 이어지지 않아 쓰라림을 맛본 그대들이여……."

신부가 두 팔을 벌리며 말했다.

"나는 맞이하는 자이니. 나는 세상의 죄를 짊어졌노라. 세상의 고통을 짊어졌노라. 나는 새끼를 잃은 짐승들과 같은 그대들의 괴로움을, 치유될 수 없는 그대들의 질병을 짊어졌으므로, 그대들은 그 짐으로부터 가벼워질 것이다. 오늘날의 내 백성들이여, 그대들은 더욱 깊고 더욱 돌이킬 수 없는 고통을 겪고 있다. 그러나 내가 다른 것들과 마찬가지로 그것들도 짊어질 것이다. 더욱 무거운 영혼의 사슬도 내가 짊어질 것이다.

나는 세상의 무거운 짐을 지는 자이다."

베르니스의 눈에는 신부가 절망하는 것처럼 보였다. 신의 징표를 얻기 위한 부르짖음이 아니었기에. 징표를 보여주지 않았기에. 그는 그저 자기 자신의 질문에 대답한 것이기에.

"그대들은 장난하는 어린아이들과 같다.

매일의 헛된 노력이 그대들을 지치게 하니, 내게로 오라. 내가 그대들의 노력에 의미를 줄 것이다. 그 노력은 그대들의 마음속에 집을 지을 것이고, 나는 그것을 인간다운 것으로 만들 것이다."

설교가 청중 속으로 파고들었다. 베르니스의 귀에는 더 이상 설교가 들어오지 않았지만, 설교에 담긴 무언가가 어떤 메시지처럼 되풀이되었다.

"……나는 그것을 인간다운 것으로 만들 것이다."

베르니스는 마음이 불안하다.

"오늘날의 연인들이여, 내게로 오라. 메마르고 가혹하며 절망적인 그대들의 사랑을 내가 인간다운 것으로 만들 것이다.

내게로 오라. 육체를 향한 그대들의 조급한 갈망, 그대들에게 돌아오는 슬픔을 내가 인간다운 것으로 만들 것이다."

베르니스는 자신의 비애가 점점 커짐을 느낀다.

"……나는 인간에 경탄하는 자이므로……."

베르니스의 마음이 산산이 부서진다.

"오직 나만이 인간을 인간답게 되돌릴 수 있는 자이니."

신부가 입을 다물었다. 그는 기진맥진해서 제단 쪽으로 돌아섰다. 그는 자신이 방금 찬양한 신에게 경배했다. 그는 자신의 모든 것을 바친 것처럼, 그리고 고단한 육체를 선물로 받은 것처럼 겸허함을 느꼈다. 그는 자신도 모르게 스스로를 그리스도와 동일시했다. 그리고 제단을 향해 아주 천천히 말을 이어갔다.

"나의 아버지시여, 저는 저들을 믿었습니다. 그래서 제 생명을 주었습니다……."

그리고 마지막으로 청중을 굽어보며 말했다.

"제가 저들을 사랑하기 때문입니다……."

그러더니 그는 몸을 떨었다.

베르니스에게는 침묵이 경이롭게 느껴졌다.

"아버지의 이름으로……."

베르니스는 생각했다.

'너무 절망적이잖아! 신덕(信德)*은 어디에 있지? 나는 신덕을 듣지 못했어. 내가 들은 건 완벽하게 절망하는 외침뿐이었어.'

베르니스는 밖으로 나왔다. 곧 가로등이 켜질 시간이었다. 베르니스는 센강의 강둑을 따라 걸었다. 나무들은 꼼짝 않고 서 있고, 제멋대로 뻗은 나뭇가지들은 끈적거리는 황혼에 걸려 있었다. 베르니스는 계속 걸었다. 마음이 평온해졌다. 저무는 하루가 가져다주는 평온이었다. 사람들은 이를 문제가 해결되어 찾아오는 평온함이라 믿는다.

그러나 이 황혼은…… 지나치게 연극적인 배경막 같았다. 제국의 폐허, 패배의 밤, 나약한 사랑의 결말을 표현하는 데 이미 사용되었고, 내일은 또 다른 희곡에 사용될 그런 배경막. 저녁이 평화롭게 찾아오거나 삶이 느적느적 흘러갈 때면 앞으로 무슨 비극이 펼쳐질지 몰라 마음이 불안해지는 그런 배경막. 아! 이토록 인간적인 불안에서 무엇이 그를 구해줄까…….

가로등이, 모두 한꺼번에 빛을 발했다.

---

* 하느님이 절대적 진리임을 굳게 믿는 덕.

12

이곳은 택시들과 버스들로 매우 번잡하다. 이런 곳에서는 길을 잃는 게 나을 정도다. 아둔한 남자 하나가 아스팔트에 박힌 듯 서 있다.

"갑시다, 좀 비켜요!"

일생에 단 한 번 마주치는 여자들이 지나간다. 한 번뿐인 기회. 저기 몽마르트르의 불빛은 더 노골적이다. 벌써부터 거리의 여자들이 달라붙는다.

"아니, 저리 가요!"

저쪽에는 또 다른 여자들이 있다. 스페인계 여자들은 보석 상자처럼 치장해서 미인이 아니어도 꽤 괜찮아 보인다. 그들은 배에는 50만 프랑어치 진주를 두르고 손에는 반지를 주렁주렁 끼고 있다. 사치품으로 반죽을 해놓은 육체인 것이다. 또 다른 여자가 불안해하며 누군가에게 말한다.

"이거 봐! 당신 같은 사람 잘 알아. 삐끼잖아. 저리 꺼져. 나 좀 내버려둬. 나도 먹고살아야 할 거 아냐!"

여자는 V자 모양으로 파여 등이 훤히 드러나는 이브닝드레스를 입고 베르니스 앞에서 밤참을 먹고 있었다. 베르니스 눈에 보이는 것은 오로지 목덜미, 어깨, 그리고 육체의 빠른 전율이 훑고 지날 때면 꿈틀거리는 맨 등뿐이다. 그것은 끊임없이 재구성되어 파악하기 어렵다. 여자가 담배를 피우며 주먹으로 턱을 괸 채 고개를 숙이고 있기에, 그에게는 텅 빈 벌판 같은 등만 보였다.

'벽 같아.'

그는 생각했다.

댄서들이 공연을 시작했다. 그들의 스텝에서는 탄력이 넘쳤고, 발레의 약동감이 그들에게 혼을 불어넣었다. 베르니스는 댄서들의 움직임을 균형 있게 잡아주는 그 리듬이 마음에 들었다. 금방 흐트러질 듯 위태롭다가도 그들은 늘 놀라울 정도로 정확하게 균형을 되찾았다. 댄서들은 이제 막 이미지가 형성되려는 찰나에 몸놀림을 멈춰 이미지를 흐트러뜨리고는, 휴식의 문턱,

죽음의 문턱까지 갔다가 다른 동작으로 바꾸면서 관능을 불러 일으켰다. 그것은 욕망의 표현 그 자체였다.

베르니스의 앞에 있는 그 신비로운 등은 호수의 수면처럼 매끄러웠다. 하지만 작은 몸짓, 어떤 생각이나 떨림만 생겨도 그 위에서 크고 어두운 파동이 퍼져나갔다. 베르니스는 생각했다.

'나에겐, 저 아래 어둠 속에서 움직이는 모든 것이 필요해.'

댄서들이 모래 위에 수수께끼 같은 글자를 몇 개 그렸다가 지우고는 관객들에게 인사를 했다. 베르니스는 그중 가장 몸놀림이 경쾌했던 댄서에게 손짓했다.

"춤을 잘 추네."

그는 과일 속살 같은 저 몸의 무게를 짐작해보았다. 의외로 꽤 무거워 보였다. 풍만한 몸매. 여자가 자리에 앉았다. 그녀의 눈빛은 강렬했고, 솜털을 깎은 목덜미는 어딘지 황소의 목 같았다. 목덜미는 그녀의 몸에서 가장 뻣뻣한 관절 부위였다. 세련된 분위기는 찾아볼 수 없는 얼굴이지만, 깊은 평온이 얼굴에서부터 몸 전체까지 퍼져 있었다.

그러다 땀에 젖어 달라붙은 그녀의 머리카락이 퍼뜩 눈에 들어왔다. 분장한 얼굴 속에 깊이 팬 주름. 추레한 몸치장. 춤에서 빠져나온 그녀는 있어야 할 무리에서 떨어져 나온 것처럼 패배자 같고 서툴러 보였다.

"무슨 생각 해요?"

그녀가 어색한 몸짓을 하며 물었다.

밤에 일어나는 이 모든 소란에는 그 나름의 의미가 있었다. 분주히 움직이는 급사, 택시 기사, 웨이터. 그들은 저마다 제 할 일을 했고, 그들의 일이란 요컨대 그의 앞에 이 샴페인 그리고 이 지친 아가씨를 밀어 넣는 것이었다. 베르니스는 무대 뒤에서 인생을 바라보았다. 그곳에서는 모든 것이 일이다. 그곳에는 선도, 악도, 감정의 동요도 없다. 한 팀에 속하는 사람들이 하는 작업처럼 판에 박히고 중립적인 노동만 있을 따름이다. 여러 동작을 모아 하나의 언어로 구성한 그 춤조차도 이방인에게만 말을 걸 수 있다. 오직 이방인만이 여기에서 의미를 발견하고, 이곳 사람들은 그 의미를 잊은 지 오래다. 같은 곡을 천 번 연주하는 음악가가 그 곡의 의미를 잊는 것과 마찬가지다. 여기에서 댄서들은 스포트라이트를 받으며 스텝을 밟고 표정을 지어 보이지만, 그것에 어떤 의미가 있는지는 누구도 알 수 없다. 어떤 댄서는 아픈 다리만 생각했을 테고, 다른 댄서는 정말 가련하게도, 춤춘 뒤에 만날 예약 손님을 떠올렸을 것이다. 어떤 이의 머릿속에는 '빚이 100프랑인데……'라는 생각이 들어 있고, 또 다른 이의 머릿속에는 여전히 '힘들다'는 생각뿐일 것이다.

베르니스의 안에 있던 모든 열기는 이미 식어 있었다. 그는 생각했다. '이 아가씨는 내가 원하는 그 무엇도 내게 해줄 수 없겠지.' 하지만 그는 끔찍하게 고독했기에 그녀가 필요했다.

13

여자는 말이 없는 이 남자가 두렵다. 잠든 이 남자 곁에서 한 밤중에 눈을 뜨니, 인적 없는 모래사장에 홀로 남겨진 기분이 든다.

"나 좀 안아줘요."

그래도 그녀 마음에 애정이 샘솟는다…… 하지만 저 몸 안에 어떤 삶이 갇혀 있는지, 단단한 머리뼈 속에 어떤 꿈이 숨어 있 는지는 알 수가 없다! 남자의 가슴을 베고 누워 있으니 파도처 럼 오르내리는 그의 숨결이 느껴진다. 그것은 바다를 건널 때 느 끼는 불안이다. 그의 살갗에 귀를 대고 거세게 뛰는 심장 소리를 듣는다. 엔진이 돌아가는 소리 같기도 하고 무언가를 부수는 도 끼질 소리 같기도 하다. 붙잡을 수 없이 빠르게 달아나는 느낌이다. 그리고 침묵. 그녀가 한마디를 꺼내면 그때서야 그는 공상에서 빠져나온다. 그녀는 번개가 친 후부터 천둥이 치기까지의 시간을 '하나…… 둘…… 셋……' 하고 셀 때처럼, 자신의 말과 그의 대답 사이의 시간을 헤아려본다. 그는 저 멀리 들판 너머에나 있는 것 같다. 그가 눈을 감으면 그녀는 망자의 머리처럼 무거운 그의 머리를 돌덩이 들듯 두 손으로 잡고 들어 올린다.

"저기, 왜 이렇게 울적해 있어요……."

그녀는 이상한 여행 동반자다.

둘은 나란히 누운 채로 말이 없다. 생명이 몸속에서 강물처럼 흘러가는 것이 느껴진다. 현기증이 날 정도로 빠르게 달아나듯 흘러간다. 육체는, 그 강물 위에 던져진 쪽배…….

"지금 몇 시지?"

시간을 확인하다니, 그녀와의 여행은 이상한 여행이다. 그녀가 물에서 건져 올린 듯 헝클어진 머리칼을 하고서는 고개를 젖히며 그에게 달라붙는다. 여자는 잠에서 깨어날 때나 사랑을 끝낸 후엔, 바다에서 구해낸 사람처럼 머리카락이 이마에 달라붙은 채로 지친 얼굴을 하고 있다.

"지금 몇 시지?"

시간은 시골의 작은 기차역들이 지나가듯 자정, 한 시, 두 시, 그렇게 뒤로 물러나 사라진다. 붙잡아둘 수 없는 무언가가 손가락 사이로 빠져나간다. 늙는다는 것, 그건 별게 아니다.

"흰머리가 난 당신이랑, 당신 애인으로 얌전히 지내는 내 모습이 눈에 선해……."

늙는다는 것, 그건 별게 아니다.

망쳐버린 순간, 또다시 뒤로 밀려나버린 평온함과 같은 것들이 사람을 지치게 만든다.

"고향 애기 좀 해줘요."

"거기는……."

베르니스는 고향 이야기를 하기가 불가능하다는 걸 안다. 도시, 바다, 고향. 모두 마찬가지다. 때로는 순간적으로 지나가버려 이해하지 못한 채로 짐작만 하는, 말로 표현할 수 없는 면을 지닌 것들이다.

그는 손으로 여자의 옆구리를 만져본다. 몸에서 가장 무방비 상태인 곳이다. 여자란, 가장 적나라하고 가장 부드러운 빛을 발하는 존재다. 그는 생명이 주는 신비로움을 생각한다. 생명은 그녀의 육체에 생기를 불어넣고 그 육체를 태양처럼, 마치 실내 기온이 오르듯 따뜻하게 덥혀준다. 베르니스는 그녀가 부드럽다거나 아름답다고 여기지 않고, 그저 따뜻하다고 생각한다. 동물처럼 따뜻하다. 살아 있다. 그리고 쉼 없이 뛰는 이 심장. 자신의 것과 다른 근원, 이 육체 안에 갇혀 있는 근원.

그는 자기 안에서 몇 초 동안 날개를 펄럭이던 관능의 쾌락을 생각한다. 미친 새처럼 날갯짓을 하다 죽어버린 그 쾌락을. 그리고 지금은······.

지금은, 유리창 속에서 하늘이 부르르 떨고 있다. 남자의 욕망 때문에 부서지고 왕관을 빼앗긴, 사랑을 나눈 후의 여인이여. 차가운 별들 사이로 내쳐진 여인. 마음의 풍경은 이토록 빨리 변한다······. 욕망을 건너갔고, 애정을 건너갔고, 열정의 강을 건너갔다. 이제 그는 육체에서 벗어나 순수하고 냉정하게 바다로 향하는 뱃머리에 서 있다.

14

잘 정돈된 이 1등칸 객차 안은 마치 기차역 플랫폼 같다. 파리에서 베르니스는 급행열차를 기다리느라 몇 시간을 허비했다. 그는 차창에 이마를 대고 흘러가는 인파를 바라본다. 그는 이 흐름에서 멀어진다. 사람들은 저마다 계획을 세워 바삐 움직인다. 그와 아무 관련 없는 복잡한 일들이 얽혔다 풀린다. 지나가는 저 여인은 열 걸음도 못 가 그와 다른 시간 속으로 사라진다. 저 군중은 눈물과 웃음을 주던, 살아 있는 물질이었다. 하지만 지금 저 군중은 망자들의 행렬처럼 보인다.

3부

The SOUTHERN MAIL

1

유럽과 아프리카는 거의 같은 시각, 하루의 마지막 폭풍우를 거두어들이며 밤으로 향하고 있었다. 그라나다의 폭풍우는 잠잠해졌고 말라가의 폭풍우는 비로 바뀌었다. 하지만 몇몇 지역에서는 여전히 돌풍이 머리카락처럼 나뭇가지에 엉겨 붙어 있었다.

툴루즈, 바르셀로나, 알리칸테에서는 우편기를 서둘러 떠나보낸 뒤에 장비를 정리하고 비행기를 들여놓고 격납고를 닫았다. 우편기가 낮에 지나가는 말라가에서는 조명을 준비할 필요가 없었다. 게다가 우편기는 말라가에 착륙하지 않고 저공비행으로 탕헤르로 향한다. 오늘도 마찬가지로 아프리카 해안에는 눈길도 주지 못한 채 나침반만 들여다보며 20미터 상공에서 해협을 건너가야 할 것이다. 세차게 몰아치는 서풍이 바다를 움푹 패어놓았다. 파도가 바람에 짓눌려 하얗게 부서졌다. 정박한 배들은 하나같이 뱃머리를 바람 부는 방향으로 돌린 채, 배를 고정하는 쇠못들에 의지해 먼바다에서처럼 고군분투하고 있었다. 동쪽에는 지브롤터 해협의 암초 지대에서 저기압이 발생해 비가 억수같이 쏟아지고 있었다. 서쪽에는 구름이 한층 높이 떠 있었다. 바다 건너편 탕헤르에서는 도시를 씻어 내릴 듯 퍼붓는 빗속에서 안개가 피어올랐다. 수평선에는 뭉게구름이 가득했다. 하지만 라라슈* 쪽 하늘은 청명했다.

탁 트인 하늘 아래 카사블랑카가 모습을 드러냈다. 한바탕 전투를 치른 듯 상처 입은 범선들이 항구를 수놓고 있었다. 폭풍우가 할퀴고 간 바다에는 부채꼴로 길고 고르게 퍼져 나가는 잔물결만이 남아 있었다. 저녁 햇살을 받아 초록빛이 짙어진 들판은 물처럼 깊어 보였다. 아직 비에 젖은 광장들로 도시의 곳곳이 반짝거렸다. 발전소의 허름한 건물 안에서는 전기 기술자들이 하는 일 없이 기다리는 중이었다. 우편기가 도착하려면 아직 네 시간이 남았기에 아가디르의 기술자들은 시내에 나가 저녁을 먹었다. 포르테티엔, 생루이, 다카르의 기술자들은 한숨 잘 수도 있

---

* 모로코 북부의 도시. 탕헤르에서 남쪽으로 86킬로미터쯤 떨어져 있다.

었다.

20시, 말라가 무선국에서 통보가 왔다.

—우편기 착륙 없이 통과.

그러자 카사블랑카에서 조명 장치를 점검했다. 활주로 진입등의 붉은 불빛이 밤의 한 조각을 검은 직사각형 모양으로 오려내는 것 같았다. 이가 빠진 것처럼 군데군데 불이 나가 있었다. 이어 두 번째 전기 스위치가 조명등에 불을 밝혔다. 비행장 한가운데로 우유를 쏟아부은 것처럼 하얀 불빛이 쏟아졌다. 이 무대의 배우인 우편기는 아직 등장하지 않았다.

탐조등(探照燈)* 하나를 움직였다. 보일 듯 말 듯한 빛줄기가 젖은 나무에 걸리자 나무가 잠깐 수정처럼 반짝였다. 곧이어 하얀 가건물이 기세등등하게 모습을 드러냈다가, 탐조등을 따라 건물 그림자가 빙 돌더니 건물이 이내 자취를 감추었다. 마침내 탐조등 빛줄기가 아래로 내려와 제자리를 찾았고, 비행기를 위해 다시 하얀 이불을 깔아주었다.

---

* 항공기 등에서 사용되는 강력한 회전식 조명 장치. 어두운 환경에서 항적을 찾고 추적하는 데 사용됨.

"좋아, 스위치 차단."

비행장 주임이 말했다.

그는 다시 사무실로 올라가 최근에 받은 서류를 훑어보고는 전화기를 우두커니 바라보았다. 라바트*에서 곧 전화가 올 것이다. 모든 것이 준비되었다. 정비공들은 양철통이나 나무 상자에 걸터앉아 있었다.

아가디르에서는 아무것도 모르고 있었다. 그들의 계산으로는 우편기가 이미 카사블랑카에서 출발했어야 했다. 어찌 됐건 우편기 소식이 도착하길 초조하게 기다리고 있었다. 샛별을 비행기 불빛으로 착각한 것이 열 번이나 되었고, 때마침 북쪽 하늘에 떠오른 북극성도 헷갈리게 하긴 마찬가지였다. 사람들은 여분의 별 하나를, 별자리들 틈에서 제자리를 찾지 못한 채 방황하는 별 하나를 발견해 탐조등을 밝힐 수 있기를 기다렸다.

비행장 주임은 난감했다. 우편기가 도착하면 다음 기항지로 출발시켜야 할까? 그는 남쪽에 안개가 끼었을까 봐 걱정스러웠

---

* 모로코의 수도. 카사블랑카에서 대서양 연안을 따라 북쪽으로 약 90킬로미터 거리에 있다.

다. 어쩌면 와디*인 눈강**까지, 아니면 더 멀리 쥐비곶까지 안개
가 이어져 있을지도 몰라 불안했다. 무선국이 호출해도 쥐비에
서는 대답이 없었다. 한밤에 솜뭉치 같은 구름 더미 속으로 '프
랑스-아메리카 노선' 우편기를 보낼 수는 없다! 게다가 사하라
사막에 있는 저 쥐비 기지는 여전히 혼자서 비밀을 지키고 있
었다.

세상과 고립된 쥐비에서, 우리는 난파된 배처럼 조난 신호를
보내고 있었다.

—우편기 소식을 알려주기 바람, 우편기 소식을……

똑같은 질문으로 우리를 성가시게 하는 시스네로스에는 더
이상 응답하지 않았다. 그렇게 우리는 1천 킬로미터를 사이에
두고 밤중에 서로 헛된 불평만 늘어놓고 있었다.

20시 50분, 긴장이 풀렸다. 카사블랑카와 아가디르가 전화로
연락을 주고받을 수 있게 된 것이다. 우리 쥐비의 무선통신도 마

---

*　사하라 사막 등 건조 지역에서 우기 때만 물이 흐르는 간헐천을 말한다.

**　모로코 남부에 있는 강.

침내 연결되었다. 카사블랑카에서 메시지를 보냈고, 그 메시지가 다카르까지 복창되며 전해졌다.

—우편기가 22시에 아가디르로 출발 예정.

—여기는 아가디르, 쥐비에 알림. 우편기는 0시 30분에 아가디르 도착 예정. 쥐비까지 계속 운항시켜도 되겠는가?

—여기는 쥐비. 아가디르에 알림. 안개가 자욱함. 날이 밝을 때까지 대기 바람.

—여기는 쥐비. 시스네로스, 포르테티엔, 다카르에 알림. 우편기는 아가디르에서 대기 예정.

카사블랑카에 도착한 베르니스는 램프 불빛 아래에서 운항일지에 서명하면서 눈을 깜박였다. 조금 전에는 눈길을 주어도 그저 그런 전리품밖에 얻지 못했다. 때때로 그는 육지와 물의 경계에서 부서지는 하얀 파도의 길안내를 행운으로 여겨야 했다. 그런데 지금 이 사무실에서는 서류함, 백지, 묵직한 가구 등이 시야를 가득 채워주었다. 물질로 가득한 풍요로운 세상이었다.

문을 나서면 저 바깥은 밤이 텅 비워버린 세상이었다.

열 시간 동안이나 바람을 맞은 탓에 그의 두 뺨이 빨갛게 달아올라 있었다. 머리에서는 물방울이 뚝뚝 떨어졌다. 무거운 부츠를 신고 가죽옷을 입고 이마에는 머리카락이 달라붙은 채로, 그는 맨홀에서 기어나온 하수도 청소부처럼 밤을 빠져나와서는 끈질기게 눈을 깜박였다. 그러다 동작을 멈추고 불쑥 말했다.

"그러니까…… 이 비행을 계속하라는 겁니까?"

비행장 주임이 서류를 뒤적거리며 무심하게 답했다.

"그냥 지시대로 따르면 됩니다."

주임은 자신이 이 출발을 강요하지 않으리라는 점을 잘 알았고, 조종사는 조종사대로 자신이 떠나겠다고 나서리라는 점을 잘 알았다. 하지만 두 사람 다 자기 행동은 자기가 판단해 결정한다는 사실을 스스로에게 증명하고 싶었다.

"차라리 제 눈을 가려 스로틀*이 달린 장롱 안에 가두고 그 장롱을 아가디르까지 운반하라고 하십시오. 저한테 시키려는 게 그거 아닙니까."

복잡한 생각에 사로잡혔던 베르니스는 자신에게 닥칠 수 있는 인명 사고를 잠시도 떠올릴 틈이 없었다. 그런 생각은 텅 빈

---

* 항공기 엔진의 출력을 조절하는 장치.

마음에나 떠오르는 것이다. 하지만 장롱에 비유한 이미지는 마음에 들었다. 불가능한 일도 있는 법…… 그래도 그는 어떻게든 해낼 것이다.

비행장 주임이 문을 반쯤 열고 어둠 속으로 담배꽁초를 던졌다.

"저기! 보이네……."

"뭐 말입니까?"

"별들."

그 말에 베르니스는 화가 났다.

"별들이 무슨 상관입니까. 네, 별이 세 개 보입니다. 하지만 주임님은 저를 화성이 아닌 아가디르로 보내려는 거 아닙니까."

"한 시간 뒤엔 달이 뜰 겁니다."

"달…… 달이라니……."

달 이야기에 베르니스는 더 화가 났다. 야간 비행을 위해 달이 뜨기를 기다렸단 말인가? 자신이 아직도 조종사 연수생이란 말인가?

"그래, 알겠으니까 여기서 쉬십시오."

조종사는 마음을 가라앉히고 전날 저녁부터 가지고 다니던 샌드위치를 꺼내 느긋하게 먹었다. 그는 20분 뒤에 이륙할 생각이었다. 주임은 미소를 짓고 있었다. 자신이 곧 이륙 신호를 보내게 되리라는 사실을 아는 주임은 전화기를 톡톡 두드렸다.

모든 준비가 끝난 지금, 공백의 시간이 생겼다. 그렇게 가끔씩 시간이 멈출 때가 있다. 조종사는 의자에 앉아 몸을 앞으로 숙이고 시커먼 기름때가 묻은 두 손을 무릎 사이에 넣은 채 꼼짝하지 않았다. 그는 벽과 자신 사이의 어느 한 지점을 응시하고 있었다. 비스듬히 앉아 입을 반쯤 벌린 주임은 어떤 비밀 신호를 기다리는 듯한 모습이었다. 타자수는 하품을 한 뒤 몸속에 잠이 한가득 차오르는 것을 느끼며 주먹으로 턱을 괴었다. 그래도 모래시계 속 모래가 흐르는 것처럼 시간은 틀림없이 흘러가고 있었다. 이윽고 멀리서 크게 외치는 소리가 들렸다. 그것은 마치 버튼을 눌러 멈춰 있던 기계를 다시 작동시키는 엄지손가락 같았다. 비행기 주임이 손가락 하나를 들어 올렸다. 조종사가 미소를 지으며 허리를 곧게 펴고 가슴 가득 새로운 공기를 들이마셨다.

"자! 그럼 안녕히."

이렇게 때때로 필름이 끊긴다. 움직일 수 없게 됐다가, 1초 1초 지날수록 가사 상태에 빠지는 듯 위중해졌다가, 그 순간이 지나면 삶이 다시 시작된다.

처음에 베르니스는 이륙하는 것이 아니라, 엔진의 굉음이 파도 소리처럼 울리는 축축하고 차가운 동굴에 갇힌 느낌을 받았다. 몸을 의지할 만한 것도 별로 없는 듯했다. 낮에는 언덕의 둥근 등줄기, 만(灣)이 이루는 윤곽, 푸른 하늘 등이 그가 속하는 세상을 지어준다. 하지만 지금 베르니스는 그 모든 것에서 떨어져 나와 구성 요소들이 아직 뒤섞여 있는, 만들어지는 중인 세상 속에 있었다. 평야가 저 아래에서 유리창처럼 빛나던 마지막 마을들인 마자간, 사피, 모가도르*를 데리고 뒤로 물러갔다. 이어 마지막으로 농가들이 빛을 냈다. 지상의 마지막 표시등이었다. 갑자기 앞이 보이지 않았다.

'이런! 또 짙은 안개 속으로 들어가는 건가.'

경사계와 고도계를 주의 깊게 보면서 베르니스는 구름에서 벗어나려고 고도를 낮췄다. 전구의 희미한 붉은빛에 눈이 부셔 전구를 껐다.

'좋았어, 빠져나왔어. 그런데 아무것도 보이지 않는군.'

안티아틀라스산맥**의 봉우리들이 물에 반쯤 잠겨 떠다니는 빙산처럼 보이지도 않는 채로 조용히 지나갔다. 그는 어깨 너머로 스쳐 가는 봉우리들을 느낄 수 있었다.

'흠, 상황이 안 좋은데.'

---

* 모두 카사블랑카와 아가디르 사이의 대서양 연안에 있다. 마자간의 현재 이름은 엘자디다, 모가도르의 현재 이름은 에사우이라.

** 모로코, 알제리, 튀니지에 걸쳐 뻗은 약 2,400킬로미터 길이의 아틀라스산맥에 속하는 작은 산맥으로 모로코 남부에 자리한다.

그는 뒤를 돌아보았다. 유일한 탑승객인 정비공이 무릎에 손전등을 올려놓고 책을 읽고 있었다. 조종석에서는 정비공의 기울인 머리와 동체에 거꾸로 비치는 그림자만 보였다. 그 모습이 마치 안쪽에서 불이 켜지는 랜턴처럼 기이해 보였다. 베르니스가 "이봐!" 하고 외쳐봤지만 목소리는 그대로 묻혀버렸다.[*] 그는 동체의 금속판을 주먹으로 쾅쾅 두드렸다. 불빛 속에 모습을 드러낸 정비공은 여전히 책을 읽고 있었다. 책장을 넘기는 그의 얼굴이 충격을 받은 듯 심각해 보였다.

"이봐!"

베르니스가 다시 소리쳤지만, 고작 팔을 두 번만 뻗으면 닿을 거리에 있는 그 남자에게 도저히 말을 걸 수가 없었다. 베르니스는 정비공과의 대화를 단념하고 앞으로 몸을 돌렸다.

'기르곳[**] 근처에 와 있어야 하는데. 이럴 리가 없는데…… 상황이 너무 안 좋아.'

그는 골똘히 생각했다.

'바다 쪽으로 너무 나온 것 같아.'

그는 나침반을 보며 항로를 수정했다. 이상하게도 왼쪽에 있

---

[*] 비행기는 엔진 소음·미비한 인터폰 등으로 인해 승무원 간의 직접적인 대화가 어려울 때가 있었다.

[**] 모로코 남서부에 있는 곳. 아가디르에서 북서쪽으로 40킬로미터쯤 떨어져 있다.

는 산이 자신을 실제로 밀어낸 느낌이, 암말(母馬)처럼 겁에 질린 자신이 오른쪽의 먼바다로 쫓겨난 기분이 들었다.

'비가 오나 보네.'

손을 뻗자 빗방울이 손바닥에 후드득 떨어졌다.

'20분 뒤엔 다시 해안에 닿을 거야. 그러면 평야가 나올 테니까 덜 위험하겠지…….'

그런데 갑자기, 왜 이렇게 맑아지는 걸까! 하늘에서 구름이 싹 걷히고, 별들은 물에 씻겨 새로워졌다. 그리고 달…… 가장 밝게 빛나는 등불인 달까지! 아가디르 착륙장이 네온사인처럼 불빛을 세 번 깜박였다.

"저런 불빛은 필요 없어! 내겐 달이 있거든……!"

2

쥐비곶에서 하루의 막이 올랐지만, 내 눈에 그 무대는 텅 비어 보였다. 그림자도 배경도 없는 무대. 항상 그 자리에 있는 저 모래언덕, 저 스페인 요새, 저 사막. 날씨가 온화한 날에도 초원과 바다를 풍요롭게 만드는 잔잔한 움직임이 보이지 않았다. 낙타에 짐을 싣고 느릿느릿 이동하는 유목민들은 달라지는 모래 알갱이의 질감을 알아볼 수 있었고, 저녁이 되면 다른 이의 발길이 닿지 않은 곳에 천막을 쳤다. 나도 조금 돌아다니면서 사막의 광활함을 느껴볼 수 있었겠지만, 채색 판화를 걸어놓은 듯 변하지 않는 풍경이 내 생각을 가둬놓았다.

이곳 우물은 여기서 300킬로미터 떨어진 곳에 있는 우물과 짝을 이루고 있었다. 겉으로 보기엔 우물도 똑같고, 모래도 똑같고, 바닥에 잡힌 모래 주름 모양도 똑같았다. 하지만 저쪽 우물에서는 사물들의 결이 새로웠다. 똑같은 물거품이 파도 위에서 매 순간 새로워지는 것처럼. 두 번째 우물에서라면 나는 고독을 느낄 수 있었으리라. 다음번 우물에서야 홀로 떨어져 있음이 진정으로 신비롭게 느껴졌으리라.

아무 일 없이 쥐비에서의 하루하루가 단조롭게 흘러갔다. 천문학자가 생각하는 태양의 운행 같은 것이었다. 몇 시간 동안 땅이 자기 배를 드러내고 태양빛을 쬐는 일이었다. 이곳에서는 언어조차도 인간다움을 지켜주지 못하고, 점점 힘을 잃어버렸다. 말에는 그저 모래알만 가득 담겨 있었다. '애정'이나 '사랑' 같은 아주 묵직한 단어조차 우리 마음속에 아무런 무게감을 주지 못했다.

"아가디르에서 5시에 출발했으니, 베르니스는 진작에 도착했어야 합니다."

"그래, 그렇지…… 하지만 남동풍이 불어서."

하늘이 누렇다. 바람이 사막을 휩쓸어, 북풍이 몇 달 동안 이뤄놓은 사막의 모습을 몇 시간 안에 뒤엎어버릴 것이다. 이런 혼돈의 날이면 비스듬히 누운 모래언덕이 모래를 긴 실타래처럼 늘어뜨리고, 그 가닥가닥은 좀 더 먼 곳으로 나아가 새로운 모래언덕을 만든다.

우리는 귀를 기울여본다. 아니다. 저건 바닷소리다.

비행 중인 우편기, 그건 별일 아니다. 하지만 아가디르와 쥐비 곶 사이, 그 미지의 땅 위를 비행하는 우편기라면, 그것은 어디에 있는지 파악되지 않는 동료와 같다. 그래도 머지않아 우리 하늘에 움직이지 않는 신호 하나가 떠오르는 것처럼 보이겠지.

'아가디르에서 5시에 출발했는데……'

사람들은 막연히 비극적인 생각을 떠올린다. 고장 난 우편기, 그건 별일 아니다. 단지 기다림이 길어지는 것, 이런저런 이야기에 불이 붙었다가 사그라지는 것일 뿐이다. 그러다가 기다림의 시간이 너무 길어지면, 우리는 사소한 몸짓들과 두서없는 말들로 그 시간을 힘겹게 채운다…….

그러다 갑자기, 탁자를 주먹으로 내리치는 소리가 들린다. "젠장! 벌써 10시라고……"라는 누군가의 말에 사람들이 벌떡 일어선다. 그 말은 동료 하나가 무어인들에게 붙잡혔다는 뜻이다.

무선사가 라스팔마스*와 교신 중이다. 디젤엔진이 시끄럽게 숨을 쉰다. 교류 발전기가 터빈처럼 윙윙거린다. 무선사는 전류

---

*　모로코에서 150킬로미터 떨어진 그란카나리아섬에 있는 도시.

계에 시선을 고정하고 방전이 표시되지 않는지 살피고 있다.

나는 선 채로 기다린다. 몸을 비스듬히 기울인 무선사는 내게 왼손을 뻗고 오른손으로는 끊임없이 기기를 조작하고 있다. 그러고는 내게 소리친다.

"뭐라고요?"

나는 아무 말도 하지 않았다. 20초가 지난다. 그가 다시 소리치지만 들리지 않고, 나는 그냥 "아, 그렇습니까?"라고 말한다. 내 주변에 있는 모든 것이 빛난다. 살짝 열린 덧문으로 한 줄기 햇살이 새어 들어온다. 디젤엔진의 피스톤 연결봉이 축축한 불꽃을 일으키며 그 빛줄기를 휘저어놓는다.

마침내 무선사가 내 쪽으로 휙 돌아앉아 수신 헤드셋을 벗는다. 엔진이 기침을 토해내고는 그대로 멈춘다. 무선사의 마지막 말 몇 마디가 들린다. 갑자기 조용해지자 놀란 그는 내가 100미터는 떨어져 있는 양 소리쳐 말한다.

"……신경도 쓰질 않습니다!"

"누가 말입니까?"

"저 사람들 말입니다."

"아! 그럼 아가디르와 교신할 수 있습니까?"

"통신 재개 시간이 아닙니다."

"그래도 해봅시다."

나는 메모장에 이렇게 휘갈겨 쓴다.

'우편기 미도착. 출발 시간이 잘못된 건가? 이륙 시간 확인 바람.'

"이렇게 전달을 부탁합니다."

"네, 호출해보지요."

다시 소음이 시작된다.

"어떻게 됐습니까?"

"……다려 주십시오."

꿈을 꾸는 듯 정신이 멍하다. 무선사는 "기다려 주십시오"라고 말했을 것이다. 우편기를 조종하는 자가 베르니스 자네가 맞는가, 이렇게 시공간을 벗어나 있는 사람이?

무선사가 기기를 껐다가 커넥터를 연결하고 다시 수신 헤드셋을 쓴다. 연필로 탁자를 톡톡 두드리며 시간을 확인한 그는 이내 하품을 한다.

"고장인가 봅니다, 왜일까요?"

"저도 잘……."

"하긴. 아……아무것도 안 들립니다. 아가디르에서는 안 들리는 모양인데."

“다시 해 주십시오.”

“네.”

엔진이 다시 가동된다.

아가디르는 여전히 응답하지 않는다. 우리는 지금 아가디르의 목소리를 기다리고 있다. 아가디르 무전국이 다른 무전국과 교신한다면 거기에 끼어들 참이다.

나는 의자에 앉는다. 딱히 할 일이 없어 수신기를 하나 집어 썼더니 새들이 요란하게 지저귀는 커다란 새장 안에 들어간 기분이다.

긴 소리, 짧은 소리, 너무 빨리 진동하는 소리. 이런 언어를 내가 해독하기란 쉽지 않다. 하지만 내가 텅 빈 곳이라 여겼던 하늘은 얼마나 많은 소리로 가득한지.

무전국 세 곳에서 말을 한다. 한쪽이 입을 다물면 다른 쪽이 말을 시작한다.

“이거는? 보르도의 자동 무전 소리입니다.”

날카롭고, 다급하고, 아득하게 느껴지는 소리들. 그러다 좀 더 무겁고 좀 더 느린 목소리 하나가 들려온다.

“이거는?”

“다카르입니다.”

구슬픈 음색. 목소리는 끊어졌다 다시 들리고, 또다시 끊어졌다가 이어진다.

……바르셀로나에서 런던을 호출하는데 런던에서는 응답이 없다.

저 멀리 어딘가에서 생타시즈[*]가 무언가를 이야기하는 소리가 희미하게 들린다.

사하라 사막에서의 회담이라니! 유럽 전체가 모여 있고, 주요 도시들은 새가 지저귀듯 비밀 이야기를 주고받는다.

방금 가까운 곳에서 윙윙거리는 소리가 들렸다. 스위치 하나를 만지자 다른 목소리들이 침묵에 잠긴다.

"아가디르였습니까?"

"네, 아가디르였습니다."

무선사는 무슨 까닭인지 추시계에 시선을 고정한 채 호출 신호를 보내고 있다.

"아가디르에서 들었습니까?"

"아닙니다, 하지만 지금 아가디르가 카사블랑카와 교신 중이니까 곧 알게 될 겁니다."

우리는 천사의 비밀을 몰래 엿듣고 있다. 연필이 머뭇거리다

---

[*] 1920년 프랑스의 일드프랑스 지역에 세워진 무선 송신탑. 당시 세계에서 가장 성능이 뛰어났다.

가 달려들더니 한 글자, 두 글자, 그러고는 순식간에 열 글자를 내뱉는다. 말이 형태를 갖춰가는 모습이 마치 꽃이 피어나는 것 같다.

—카사블랑카에 알림…….

이런 젠장! 테네리페*가 우리와 아가디르 사이를 방해하고 있다! 그 커다란 목소리가 수신기를 가득 채운다. 그러다 갑자기 뚝 그친다.

—……착륙 6시 30분. 이륙…….

불청객 테네리페가 다시 훼방을 놓는다.

하지만 내가 알려던 것은 충분히 알았다. 우편기는 아가디르로 되돌아갔고 6시 30분에 아가디르 비행장에 다시 착륙한 것이다. 안개 때문인가? 아니면 엔진 고장? 7시나 되어서야 다시 출발했겠는데…… 그러니 연착은 아니다.

"고맙습니다!"

---

* 카나리아제도에서 가장 큰 섬.

3

자크 베르니스, 이번엔 자네가 쥐비에 도착하기 전에 자네가 어떤 사람인지 말해야겠어. 어제부터 무전국들이 자네의 위치를 정확히 알려주고 있어. 오늘 자네는 이곳 쥐비에 잠시 들러 규정대로 20분 동안 머무르겠지. 난 자네를 위해 통조림 한 캔을 열고 와인 한 병을 딸 생각이야. 자네는 우리에게 사랑이나 죽음 같은 진짜 문제는 한마디도 꺼내지 않겠지. 바람의 방향이라든지 기상 상태, 엔진 상태만 이야기하겠지. 정비공의 농담에 껄껄대고, 더위에 끙끙대고, 그저 우리 중 누구와도 다르지 않은 모습이겠지.

나는 자네가 어떤 비행을 하는지 말하려 해. 자네가 어떻게 겉치레를 벗어던지는지, 우리 옆에서 걷는 자네의 발걸음이 왜 우리와 같지 않은지를.

우리는 어린 시절을 함께 보냈다. 내 기억 속에서 문득 담쟁이
덩굴로 뒤덮인, 다 쓰러져가는 낡은 담장이 떠오른다. 우리는 아
주 대담한 아이들이었다.

"뭐가 겁나서 그래? 문을 밀어봐……."

담쟁이덩굴에 뒤덮여 무너져가는 낡은 담장이 있었다. 햇볕
에 바짝 마르고, 빛이 스며들어 따뜻하게 숨 쉬는 듯했다. 마치
세상의 이치가 스며 있는 듯 고요히 서 있었고, 담쟁이 잎 사이
에서는 도마뱀이 바스락거리며 지나갔다. 우리는 그것을 뱀이라
불렀고, 이미 그 도피의 이미지, 죽음의 이미지까지도 좋아하고
있었다. 담장 이쪽에서는 돌멩이 하나하나가 따뜻했고, 돌멩이
들은 마치 닭이 품은 달걀처럼 보호받고 있었으며 달걀처럼 둥
글었다. 흙덩어리 하나하나, 나무의 잔가지 하나하나가 햇살을
받아 신비로움을 모두 벗어던진 상태였다. 담장 저편에는 시골
의 여름이 풍요롭고 충만하게 펼쳐져 있었다. 종탑이 보였다. 탈
곡기 소리도 들렸다. 하늘의 푸른빛이 모든 빈 공간을 가득 채우
고 있었다. 농부들은 밀을 베고, 신부님은 포도밭에 소독약을 뿌
리고, 어른들은 응접실에서 카드놀이를 즐겼다. 태어나서 죽을
때까지 땅 한구석에서 육십 평생을 보내면서 그 태양, 그 밀 이

삭, 그 집을 지키며 사는 그이들을, 그 현세대를 우리는 '경비대'라고 불렀다. 왜냐하면 우리는, 과거와 미래라는 무시무시한 두 대양 사이에 놓인 가장 위태로운 섬에 우리가 있다고 생각하기를 좋아했으니까.

"열쇠를 돌려봐……."

아이들에겐 그 작은 녹색 문을 여는 일이 금지되어 있었다. 낡은 나룻배의 빛바랜 녹색 같은 색깔이었다. 바닷속 낡은 닻처럼 세월을 겪으며 녹슬어 있는 그 커다란 자물쇠를 만지는 일도 금지되어 있었다.

아마 어른들은 그 야외 저수지 때문에 우리를 걱정했을 것이다. 그 못에 빠져 죽은 아이에 대한 공포 때문에. 문 뒤에는 우리가 천년 동안 꼼짝 않고 있었을 거라고 말하던 물이 잠들어 있었으니까. 고인 물에 대한 이야기를 들을 때마다 우리는 그 저수지를 떠올렸다. 작고 동그란 나뭇잎들이 저수지 수면을 녹색 천처럼 덮고 있었고, 우리는 돌을 던져 거기에 구멍을 냈다.

햇살의 무게를 견디던 그 오래되고 무거운 나뭇가지 아래는 얼마나 시원했던가. 햇살은 둑에 돋아난 여린 잔디를 누렇게 물들이지도, 저수지 수면에 덮인 귀중한 천을 건드리지도 않았다. 우리가 던진 조약돌은 천체가 운행하듯 제 길을 가기 시작했다. 우리 생각에 그 물에는 바닥이 없는 것 같았으니까.

“우리 좀 앉자…….”

아무 소리도 들리지 않았다. 우리는 우리 육체에 새로운 활기를 주는 신선함과 향기와 습기를 맛보았다. 우리는 세상의 끝에서 길을 헤매고 있었다. 여행은 무엇보다 육체를 변화시키는 일임을 우린 이미 알고 있었던 것이다.

“여기는 사물들의 이면이야…….”

그토록 자신만만한 그 여름의 이면, 그 시골의 이면, 우리를 포로처럼 잡고 있던 그 얼굴들의 이면. 우리는 그 강요된 세상이 싫었다. 저녁때가 되면 우리는 바닷속에서 진주를 만져본 인도의 잠수부들처럼 비밀을 가득 안고 집으로 돌아왔다. 해가 기울고 식탁보가 장밋빛으로 물드는 시간이면, 우리 마음을 아프게 하는 말이 들려왔다.

“해가 점점 길어지네…….”

우리 자신이 오래된 후렴구에, 계절과 휴일과 결혼과 죽음으로 이루어진 삶에 붙잡혀 있는 듯 느껴졌다. 그 모든 것이 겉치레에 불과한 헛된 소란이었다.

도망치는 것, 그것이 중요하다. 열 살 때 우리는 다락방 골조 아래서 도피처를 찾았다. 죽은 새들, 낡고 터진 여행가방들, 특이한 옷가지들. 인생이라는 무대의 뒤에 있는 것들이었다. 그리고 우리가 ‘숨겨져 있다’고 말하던 보물이 있었다. 오래된 저택에 있는 마치 동화책에 나오는 것과 똑같은 보물로 사파이어, 오팔, 다이아몬드 같은 것들이었다. 희미하게 빛나던 그 보물이 모든 벽과 들보*의 존재 이유였다. 그 거대한 들보들이 알 수 없는 무언가로부터 집을 지켜주고 있었다. 아니, 시간으로부터 지켜주고 있었다. 시간은 우리의 가장 큰 적이었으니까. 사람들은 전통이라는 방법을 통해 시간으로부터 자신을 보호했다. 과거에 대한 숭배를 통해서, 아니면 거대한 들보들을 통해서 말이다. 하지만 그 집이 선박처럼 항해하고 있다는 사실을 아는 사람은 오직 우리뿐이었다. 배의 선창 그리고 밑바닥의 화물창까지 가본 우리만이 물이 어디서 새어 들어오는지 알 수 있었다. 우리는 새들이 삶을 마감하려고 슬며시 들어오는 지붕 밑의 구멍을 알고 있었다. 우리는 집 골조의 갈라진 틈을 하나하나 알고 있었다. 저 아래 응접실에서는 손님들이 수다를 떨고 아리따운 여인들이 춤을 추었다. 겉보기에만 안전한데 말이다! 아마도 사람들은 검은 옷에 흰 장갑을 낀 하인들이 가져다주는 술을 즐기고 있었을 것이다. 얼마나 덧없는 일인가! 그리고 우리는 그 위에서 지붕의 갈라진 틈 사이로 푸른 밤이 스며드는 모습을 지켜보았다. 그 작은 구멍으로 별 하나가 우리에게 떨어져 내렸다. 온 하늘에서 홀

---

* 건물에서 지붕이나 천장, 바닥을 받쳐주는 굵은 가로목.

로 우리를 위해 맑게 빛나는 별이었다. 그리고 사람을 아프게 하는 별이었다. 우리는 고개를 돌려버렸다. 죽음을 가져오는 별이었으니까.

우리는 놀라서 펄쩍 뛰어오르곤 했다. 모든 사물이 어둠 속에서 각자의 일을 하고 있었으니까. 들보들은 속에 품은 보물 때문에 터져나갔다. 우지직 소리가 날 때마다 우리는 나무를 살펴보았다. 모든 것은 알맹이를 내보낼 준비가 된 껍데기일 뿐이었다. 사물들의 낡은 껍데기 안에 무언가 다른 것이 들어 있음을 우리는 믿어 의심치 않았다. 적어도 그 별만이라도, 그 작고 단단한 다이아몬드만이라도 있을 거라고. 언젠가 우리는 그것을 찾아 북쪽이나 남쪽으로, 아니면 우리 자신 속으로 걸어갈 것이다. 도망치는 것이다.

잠을 불러오는 별이 자신을 가리고 있던 슬레이트 지붕을 돌아 하나의 신호처럼 선명하게 나타났다. 그러면 우리는 침실로 내려갔다. 그렇게 우리는 세계에 대한 지식을 안고, 반쯤 잠든 채로 긴 여행을 떠날 채비를 했다. 우주의 빛줄기가 우리에게 오려고 천년의 세월을 뻗어 오듯 신비로운 돌멩이가 물속을 끝없이 파고드는 세계, 바람에 삐걱대는 집이 한 척의 배처럼 위협받는 세계, 사물들이 그 안에 품은 보물의 알 수 없는 압력으로 차례차례 터지는 세계에 대한 지식을 안고.

"아아, 베르니스, 거기 앉아보게. 자네 비행기가 고장 난 줄 알 았잖나. 한잔하자고. 고장이라도 났나 싶어서 찾아 나서려던 참 일세. 이륙할 비행기가 이미 활주로에서 대기 중이라고 하네. 저 것 봐. 아잇투사 부족이 이자르구앵 부족을 공격했다네. 그 소 동에 휘말린 줄 알고 얼마나 걱정했나 몰라. 마시게. 뭐 좀 먹을 텐가?"

"곧 출발해야 하네."

"아직 5분 남았네. 나 좀 보게. 주느비에브랑 무슨 일 있었나? 근데 왜 웃는 건가?"

"아! 아무것도 아닐세. 방금 전에 비행기 안에서 옛날 노래 하 나가 생각났거든. 갑자기 무척 어려진 기분이 들어서……."

"그래, 그런데 주느비에브는?"

"나도 이제 모르네. 그만 가야지."

"자크, 대답 좀 해보게…… 다시 만났나?"

"그래……."

그는 머뭇거렸다.

"툴루즈로 내려오는 길에, 한 번 더 보고 싶어서 길을 둘러 왔 다네……."

그리고 베르니스는 그동안 있었던 일을 이야기해 주었다.

$$4$$

그것은 시골의 작은 기차역이라기보다는 비밀의 문 같았다. 겉으로 보기에는 들판을 향해 있었다. 사람들은 한가로이 표를 검사하는 검표원 앞을 지나 신비로울 것 없는 하얀 길과 개울, 들장미가 핀 곳으로 향했다. 역장은 장미를 손질하고 역무원은 빈 수레를 미는 시늉을 했다. 그렇게 위장한 채로, 비밀의 세계를 지키는 수호자 셋이서 경계를 서고 있었다.

검표원이 차표를 툭툭 건드리며 베르니스에게 말했다.

"파리에서 툴루즈까지 가는데, 왜 여기서 내리시죠?"

"다음 기차를 타고 가려고요."

검표원이 그를 뚫어져라 바라보았다. 검표원은 그에게 길과 개울과 들장미를 넘겨주기를 망설이는 것이 아니었다. 멀린[*] 이후로 사람들이 겉모습을 위장해 들어갈 수 있게 된 그 왕국을 내어주어야 할지 망설이는 것이었다. 마침내 검표원은 오르페우스[**]처럼 모험을 떠나는 데 필요한 세 가지 덕목인 용기, 젊음, 사랑을 베르니스에게서 발견한 듯했다.

"지나가세요."

검표원이 말했다.

특급열차는 가짜 웨이터, 가짜 악사, 가짜 바텐더가 있는 작은 비밀 술집처럼 눈속임으로만 놓여 있는 그 역을 그냥 지나쳤다. 완행열차 안에서 베르니스는 이미 자신의 삶이 느려지며 방향을 바꾸는 것을 느낄 수 있었다. 이제 한 농부 옆에 앉아 농부의 마차를 타고 가는 베르니스는 우리에게서 한층 더 멀어져갔다. 그는 신비로움 속으로 점점 빠져들고 있었다. 서른 살의 나이에 더 늙을 수도 없을 만큼 주름살이 잔뜩 진 농부가 들판 하나를 가리키며 말했다.

"정말 빨리들 자란다니까요!"

눈에 보이지 않아도 저 밀밭은 태양을 향해 얼마나 빨리 돌진

---

[*]   아서 왕의 전설에 등장하는 마법사. 무엇으로도 변신할 수 있는 능력이 있다.

[**]   그리스 신화에 등장하는 시인이자 음악가. 사랑하는 아내 에우리디케를 데려오기
       위해 지하 세계로 내려갔다가, 그녀를 되찾지 못한 일화가 유명하다.

하는가!

농부가 담장 하나를 가리키며 말했다.

"우리 할아버지의 할아버지가 쌓은 담장이에요."

그 말에 베르니스는 우리가 한층 더 멀리 있고, 더 불안정하고, 더 불행한 존재라는 생각이 들었다.

그는 영원의 담장과 영원의 나무에 다다랐다. 목적지에 다 온 것이다.

"여기가 그 집이에요. 나오실 때까지 기다릴까요?"

물속에 잠들어 있는 전설의 왕국, 바로 이곳에서 베르니스는 단 한 시간만 보내고서 백 년이 지난 것처럼 느끼게 되리라.

바로 오늘 저녁, 이 마차와 완행열차와 특급열차 덕분에 베르니스는 오르페우스 이후의 세계, 잠자는 숲속의 공주 이후의 세계인 현실 속으로 우리를 다시 데려가는 복잡한 도피 길에 오를 수 있을 것이다. 차창에 창백한 뺨을 기대고 툴루즈로 향하는 그의 모습은 여느 여행자와 다르지 않을 것이다. 하지만 그는 털어 놓을 수 없는 추억을, '달의 빛깔'과 '시간의 빛깔'을 띤 추억을 마음 깊은 곳에 품고 갈 것이다.

이상한 방문길이었다. 찾아왔다고 반기는 목소리도, 놀라움도 없었다. 길에 닿는 발소리가 둔탁하게 들렸다. 그는 예전처럼 울타리를 뛰어넘었다. 정원 오솔길에 풀이 높이 자라 있었다…….

아! 달라진 건 이것밖에 없구나. 집이 나무들 사이로 하얗게 보였지만, 마치 꿈속처럼 닿을 수 없는 거리에 있는 듯했다. 목적지에 이르는 순간 신기루처럼 멀어지는 건 아닐까? 그는 넓적한 돌로 만들어진 계단을 올라갔다. 필요에 따라 하나하나 줄을 맞춰 만든 그 계단은 어색함 없이 편안하게 자리하고 있었다.

'이곳에는 위장한 것이라고는 하나도 없구나……'

현관 로비가 어두컴컴했다. 의자에 하얀 모자가 하나 놓여 있었다. 그녀의 모자일까? 이런 무질서는 얼마나 사랑스러운지. 아무렇게나 내버려둔 무질서가 아니라, 사람이 존재함을 알려주는 지혜로운 무질서이니까. 그 무질서에는 움직임의 흔적이 여전히 남아 있다. 뒤로 살짝 밀려난 의자, 그것은 거기에 앉아 있던 누군가가 한 손으로 테이블을 짚고 일어났기 때문이다. 그는 그 동작이 눈에 선했다. 펼쳐진 책 한 권, 누가 방금 자리를 떴나? 왜 그랬을까? 마지막으로 본 문장이 아직도 그 사람의 마음속에서 노래처럼 울리고 있을지도.

베르니스는 한 집에서 무수히 일어나는 소소한 일들과 소소한 걱정들을 떠올리며 미소를 지었다. 사람들은 하루 종일 집 안을 돌아다니며 똑같은 일을 처리하고 똑같은 무질서를 정리한다. 집에서 벌어지는 극적인 사건들은 너무도 사소한 것들이다. 여행자나 이방인이라면 웃어넘길 수 있는 일들……

베르니스는 생각했다.

'어찌 됐든 이곳에도 다른 곳과 마찬가지로 1년 내내 날마다 저녁이 찾아왔어. 그러면 한 번의 주기가 끝났지. 다음 날은…… 새로운 삶이 다시 시작되는 거고. 사람들은 저녁을 향해 걸어갔어. 저녁이 되면 걱정할 게 아무것도 없었지. 덧창을 닫고, 책들을 정리하고, 난로 앞의 불막이도 제자리에 두었으니까. 그렇게 얻은 휴식은 영원할 수 있었고, 영원할 것만 같은 맛이 있었어. 하지만 나의 밤은 잠깐의 휴식보다도 못해……'

그는 조용히 자리에 앉았다. 모든 것이 너무나 고요하고 평온해 보여서 자신이 왔다고 알리지도 못했다. 창문에 세심하게 드리워진 블라인드 사이로 한 줄기 햇살이 비쳐들었다. 베르니스는 생각했다.

'찢어진 틈, 여기서는 알지 못한 채 나이가 드는구나……'

'어떤 소식을 듣게 되려나……?'

옆방에서 들리는 발소리가 집 안에 마법을 부리는 듯했다. 얌전한 발소리. 마치 제단에 꽃을 놓는 수녀의 발걸음 같았다.

'뭔가 섬세한 일을 하고 있나? 내 삶은 비극처럼 빡빡하게 옥죄여 있는데, 여기서는 움직임 하나하나, 생각 하나하나 사이에 공간과 공기뿐이로군……'

그는 창문 너머로 시골 풍경을 바라보았다. 들판이 햇살 아래

펼쳐져 있고 기도하러, 사냥하러, 편지를 부치러 가려고 들어서는 하얀 길이 기다랗게 뻗어 있었다. 멀리서 탈곡기가 부르릉거렸다. 귀를 기울여야만 들을 수 있는 소리였다. 어느 배우의 목소리가 너무 작아 관객이 그 소리를 들으려고 숨을 죽이는 것처럼.

발소리가 다시 울려 퍼졌다.

'골동품을 정리하나 보네. 진열장을 서서히 채워온 것들. 한 세기 한 세기가 물러나면서 조개껍데기 같은 잔해를 남기는 게지.'

말소리가 들려와 베르니스는 귀를 기울였다.

"이번 주를 넘길 수 있을 것 같아? 의사 선생님은……."

발소리가 멀어졌다. 베르니스는 너무 놀라 잠자코 있었다. 누가 죽어간다는 거지? 가슴이 죄어왔다. 그는 하얀 모자, 펼쳐진 책 같은 생명의 증거들을 모두 떠올리며 그것들에 도움을 청했다.

말소리가 다시 들렸다. 애정이 가득하지만 차분한 목소리였다. 사람들은 죽음이 이 지붕 밑에 자리 잡은 것을 알고는, 그것을 외면하지 않고 친근하게 맞이하고 있었다. 과장된 꾸밈은 조금도 없었다. 베르니스는 생각했다.

'모든 게 이렇게 단순하구나. 사는 것도, 골동품을 치우는 것

도, 죽는 것도…….'

"응접실에 둘 꽃은 꺾어뒀지?"

"네."

사람들은 소리를 낮추어, 분명하지는 않지만 고른 어조로 이야기했다. 수백 가지 사소한 일들을 이야기했지만 가까이 다가온 죽음이 그 모든 것을 그저 회색빛으로 물들일 뿐이었다. 잠깐 웃음소리가 나다가 저절로 잦아들었다. 깊이 있는 웃음은 아니었지만 과장된 품위로는 억누를 수 없는 웃음이었다.

"올라가지 마. 자고 있으니까"라는 말소리가 들렸다.

그녀와 남몰래 친밀한 관계였던 베르니스는 고통스러운 마음으로 앉아 있었다. 들킬까 봐 두려웠다. 낯선 이가 찾아와 모든 것을 말하려다 보면 슬픔이 더 대담하게 드러나는 법이다. 사람들은 낯선 이에게 이렇게 소리친다.

"당신은 그녀를 잘 알고 또 사랑했군요……."

그러면 그는 죽어가는 그녀를 영예롭게 할 온갖 칭찬을 늘어놓아야 할 텐데, 그것은 견디기 힘든 일이다.

하지만 그는 이런 친밀감을 누릴 자격이 있었다.

'……나는 그녀를 사랑했으니까.'

그는 그녀를 다시 만나고픈 마음에 몰래 계단을 올라가 침실 문을 열었다. 방은 온통 여름이었다. 벽은 밝고 침대는 새하얬다.

열린 창문으로 햇빛이 가득 들어왔다. 멀리 보이는 종탑의 시계
가 평화롭게 그리고 천천히 심장 박동 같은 소리를 내고 있었다.
있어야 할 온기가 없는 심장의 박동 소리 같았다. 그녀는 잠들어
있었다. 한여름의 찬란한 잠!

'그녀가 죽어가고 있어……'

그는 빛을 가득 머금은, 왁스칠을 한 마룻바닥에 발을 내디뎠
다. 그는 자신이 평온하다는 게 이해되지 않았다. 그녀가 신음
소리를 냈다. 베르니스는 감히 앞으로 더 나아가지 못했다.

어떤 거대한 존재가 있는 듯한 느낌이었다. 병자들의 영혼이
죽 늘어선 채 방을 가득 채워, 방이 하나의 상처가 된 것 같았다.
누구든 감히 가구 하나 건드릴 수도, 걸어 다닐 수도 없는.

아무 소리도 나지 않았다. 파리 몇 마리만 윙윙대고 있었다.
멀리서 누군가가 부르는 소리가 정적을 깨뜨렸다. 시원한 바람
한 줄기가 방 안으로 부드럽게 흘러들었다.

'벌써 저녁이구나.'

베르니스는 생각했다. 그리고 곧 닫힐 덧문과 램프의 불빛을
떠올렸다. 조금 있으면 넘어야 할 고비처럼 밤이 닥쳐와 환자를
괴롭힐 터. 약하게 줄인 램프 불빛이 신기루처럼 마음을 홀리고,
그림자마저 꼼짝 않는 물건들, 열두 시간 동안 같은 각도에서 바
라보는 그 물건들은 결국 머릿속에 새겨져 견디기 힘든 무게로

환자를 짓누르게 된다.

"거기 누구예요?"

그녀가 물었다.

베르니스가 다가갔다. 그의 입술에 애정과 연민이 감돌았다. 그는 몸을 굽혔다. 그녀를 구해야 해. 그녀를 품에 안아야 해. 그녀에게 힘이 되어줘야 해.

"자크……."

그녀가 그를 쳐다보았다. 그녀는 생각의 밑바닥에서 그를 끌어올리고 있었다. 그의 어깨를 찾는 것이 아니라 추억을 더듬고 있었다. 그녀는 조난된 사람이 배에 기어오르려는 것처럼 그의 소매를 붙들고 매달렸다. 어떤 존재나 의지할 것을 붙잡으려는 것이 아니라 어떤 이미지를 붙잡으려고…… 그녀가 바라본다…….

그리고 조금씩, 그는 그녀에게 낯선 사람으로 보인다. 그녀는 이 주름살, 이 시선을 알아보지 못한다. 그녀는 그의 손가락을 움켜쥐고 그를 부르려 하지만, 그는 그녀에게 아무 도움도 주지 못한다. 그는 그녀가 마음속에 품고 있는 친구가 아니다. 이 존재에 이미 흥미를 잃은 그녀는 그를 밀어내고 고개를 돌린다.

그는 그녀와 닿을 수 없는 거리에 있다.

그는 소리 없이 방을 빠져나와 다시 현관 로비를 가로질렀다.

엄청난 여정, 혼란스러운 여정, 기억하기도 어려운 여정을 막 마치고 돌아온 것이다. 그는 고통스러웠을까? 슬펐을까? 그는 멈춰 섰다. 물에 잠긴 선창에 바닷물이 스미듯 저녁이 스며들고 있었고, 골동품들은 어둠 속으로 사라지고 있었다. 그는 유리창에 이마를 기댄 채 보리수나무의 그림자가 길어지고 서로 합쳐져 잔디밭을 밤으로 가득 채우는 모습을 바라보았다. 멀리 떨어진 마을에 불이 켜졌다. 겨우 한 줌이나 될까 한 불빛들. 그의 두 손에 잡힐 것 같았다. 더는 거리감도 느껴지지 않았다. 손가락으로 저 언덕을 만질 수 있을 것 같았다. 집 안의 말소리가 잠잠해졌다. 집 안 정리가 끝난 것이었다. 그는 꼼짝하지 않았다. 이와 비슷한 어느 저녁이 생각났다. 사람들이 잠수부처럼 힘겹게 몸을 일으켰던 저녁. 여자의 매끈한 얼굴이 굳어지자 사람들이 갑자기 미래를, 죽음을 두려워했던 저녁.

그는 밖으로 나왔다. 그리고 누군가 알아봐주거나 불러주기를 간절히 바라며 뒤를 돌아보았다. 그랬다면 그의 마음은 슬픔과 기쁨으로 녹아내렸을 것이다. 하지만 아무 일도 일어나지 않았다. 그를 붙잡는 것은 아무것도 없었다. 그는 아무런 방해도 받지 않고 나무들 사이를 미끄러지듯 빠져나왔다. 울타리를 뛰어넘었다. 길이 딱딱했다. 이제 끝이다. 그는 다시는 이곳으로 돌아오지 않을 것이다.

5

그리고 베르니스는 이륙하기 전에, 자신이 겪은 일을 간추려 내게 말해주었다.

"자네도 알다시피, 난 주느비에브를 나의 세상으로 끌어들이려 했었지. 하지만 내가 그녀에게 보여준 건 모두 생기를 잃고 잿빛이 되고 말았다네. 첫째 날 밤은 뭐라 말할 수 없을 만큼 두껍게 느껴져서, 우린 도저히 넘어갈 수 없었어. 난 주느비에브에게 그녀의 집과 삶과 영혼을 돌려줄 수밖에 없었지. 길가의 포플러나무들을 모두 돌려주어야 했어. 파리로 돌아오면서 파리에 점점 가까워질수록 세상과 우리 사이의 두께도 점점 얇아졌다네. 마치 내가 그녀를 바다 밑으로 끌어내리려 했던 것 같았지. 나중에 다시 그녀를 만나러 갔을 때는 다가가서 그녀를 만질 수 있었다네. 우리 사이에 더 이상 공간은 없었어. 하지만 그보다 더한 게 있었지. 뭐라고 말해야 할까, 천년의 세월이랄까. 서로의 삶에서 그렇게 멀리 떨어져 있는 거지. 그녀는 자신의 하얀 침대 시트와 자신의 여름과 자신의 명백한 현실을 붙잡고 있었고, 나는 그녀를 거기서 떼어낼 수 없었다네. 자, 이제 그만 가보겠네."

진주를 만지면서도 그것을 밝은 곳으로 건져 올리지는 못하는 인도의 잠수부여, 이제 너는 어디로 보물을 찾으러 가는가? 내가 걷고 있는 이 사막에서, 납덩어리처럼 땅에 붙들려 있는 나는 아무것도 발견할 수 없겠지. 하지만 마법사인 자네에게 이 사막은 그저 모래로 된 장막일 뿐이고 겉모습에 불과할 테지…….

"자크, 이제 출발할 시간이네."

6

이제 조종석에 앉아 꼼짝할 수 없는 그는 몽상에 잠긴다. 이렇게 높은 곳에서 바라보면 땅이 움직이지 않는 것처럼 보인다. 누런 모래의 사하라 사막이 끝없는 길처럼 뻗어 푸른 바다와 맞닿아 있다. 능숙한 조종사인 베르니스는 오른쪽으로 쏠린 해안선을 엔진과 나란하도록 가져다 놓으며 옆으로 미끄러져 나간다. 아프리카에서 선회할 때마다 그는 비행기를 부드럽게 기울인다. 다카르까지는 아직 2천 킬로미터가 남았다.

그의 눈앞에는 정복되지 않은 땅이 눈부시도록 하얗게 펼쳐져 있다. 때로는 벌거벗은 바위가 나타나기도 한다. 바람이 모래를 쓸어다가 여기저기 고른 모래언덕을 만들어놓았다. 움직이지 않는 대기가 겉껍질처럼 비행기를 둘러싸고 있다. 기체는 앞뒤로도 옆으로도 흔들리지 않고, 이렇게 높은 곳에 있으니 풍경도 변하지 않는다. 비행기는 바람에 꽉 붙잡힌 채 계속 날아간다. 첫 번째 기항지인 포르테티엔은 공간이 아닌 시간 속에 기록되어 있다. 베르니스는 시계를 본다. 앞으로 여섯 시간을 더 부동(不動)과 침묵 속에서 보내고 나면, 허물을 벗듯 비행기에서 빠져나갈 것이다. 새로운 세상이 열릴 것이다.

베르니스는 이러한 기적을 일으키는 시계를 바라본다. 그리고 움직이지 않는 회전계를 바라본다. 만약 이 바늘이 제 숫자를 놓쳐버리면, 비행기가 고장 나 사람을 모래땅에 남겨두게 되면, 시간과 거리는 생각지도 못한 새로운 의미를 갖게 되리라. 그는 지금 4차원 세계를 여행하고 있다.

그렇지만 베르니스는 그 숨 막히는 느낌을 알고 있다. 우리 모두 잘 알고 있다. 우리 눈앞에는 수많은 이미지가 흘러들어왔고, 우리는 그중에서 모래언덕과 태양과 침묵의 진정한 무게만큼이나 무거운 단 하나의 이미지에 갇혀 있다. 우리 위에 있는 세상은 무너져 내렸다. 우리는 연약한 존재다. 밤이 오면 가젤이나 쫓아버릴 수 있을, 딱 그 정도의 몸짓으로 무장했을 뿐이다. 300미터도 뻗어나가지 못하는, 그래서 다른 이들에게 닿지 못하는 목소리로 무장했을 뿐이다. 우리 모두는 어느 날 갑자기 이 미지의 행성에 뚝 떨어져버린 것이다.

이곳에서는 시간의 폭이 너무 넓어서 우리 삶의 리듬과 맞지 않았다. 카사블랑카에서 우리는 약속에 맞춰 몇 시간 단위로 시간을 세었고, 그리하여 우리는 몇 시간마다 마음이 바뀌었다. 비행 중에는 30분마다 기후가 바뀌었고, 그리하여 우리는 30분마다 육체가 바뀌었다. 그런데 이곳에서는, 주 단위로 시간을 헤아렸다.

동료들이 우리를 이곳에서 구해주었다. 그리고 우리가 약해지면 그들은 우리를 조종석으로 끌어올렸다. 우리를 이 세계에서 그들의 세계로 끌어올려주는 것은 동료들의 무쇠 같은 손목이었다.

이 드넓은 미지의 세계 위에서 균형을 잡고 비행하며, 베르니스는 자기 자신에 대해 아는 것이 별로 없다는 생각이 든다. 목마름, 버려짐, 무어인 부족의 잔인함은 그의 마음속에 어떤 생각을 불러일으킬까? 그리고 포르테티엔 비행장 착륙이 갑자기 한 달 이상 거부된다면 무슨 생각이 들까? 그는 또 생각한다.

'나에게 필요한 건 용기가 아니야.'

모든 것이 추상적인 상태로 존재한다. 젊은 조종사가 위험을 무릅쓰고 공중회전을 시도할 때, 그의 머리 위 아주 가까이에서 뒤집히는 것들은 조금만 부딪혀도 그를 박살낼 수 있는 단단한 장애물이 아니라, 꿈속에서처럼 흐물흐물 움직이는 담장과 나무다. 그런데 베르니스에게 무슨 용기가 필요하겠는가?

하지만 그런 마음과는 반대로, 엔진이 덜덜대며 요동칠 때면 미지의 존재가 불쑥 솟아올라 자리를 잡을 것처럼 불안하다.

마침내 한 시간 후, 비행기 프로펠러가 곶과 만을 정복하자 무장 해제된 중립의 땅이 나타난다. 하지만 앞에 있는 땅 곳곳은 알 수 없는 위협을 품고 있다.

아직 1천 킬로미터를 더 가야 한다. 이 거대한 테이블보를 자신 쪽으로 끌어당겨야 한다.

―여기는 포르테티엔. 쥐비에 알림. 우편기가 16시 30분에 무사히 도착.

―여기는 포르테티엔. 생루이에 알림. 우편기가 16시 45분에 출발.

―여기는 생루이. 다카르에 알림. 우편기가 16시 45분에 포르테티엔에서 출발, 야간에 계속 비행할 예정.

동풍이 분다. 사하라 사막 깊숙한 곳에서 불어오는 바람이다. 모래가 누런 소용돌이를 일으키며 치솟는다. 새벽녘의 유연하고 창백한 태양이 뜨거운 안개에 일그러지며 지평선에서 떨어져 나온다. 희뿌연 비눗방울 같다. 하지만 태양은 중천을 향해 떠오르면서 조금씩 수축하고 모양을 갖추더니 타오르는 화살, 타오르는 송곳이 되어 목덜미에 내리꽂힌다.

동풍이 분다. 포르테티엔에서는 잔잔하면서 시원하다 싶을 정도의 대기 속에서 이륙하지만, 100미터 상공에서는 이렇게 용암처럼 뜨거운 흐름이 느껴진다. 그러면 곧장 온도계가 반응한다.

유온(油溫) : 120도
수온(水溫) : 110도

2천 미터, 3천 미터 고도로 올라가야 한다, 당연하다! 이 모래폭풍을 제압해야 한다, 물론이다! 하지만 5분 동안 기수를 위로 올려 수직 상승하면 자동 점화 장치와 밸브가 다 타버릴 것이다. 계속 올라가는 것, 말은 쉽다. 이렇게 탄력 없는 대기 속에서는 비행기가 대기 속으로 가라앉고 파묻힌다.

동풍이 분다. 앞이 하나도 보이지 않는다. 태양이 누런 소용돌이 속으로 말려든다. 태양의 창백한 얼굴이 이따금 나타나 불타오른다. 땅이 수평이 아니라 수직으로만 보인다, 계속해서! 그럼 내가 급상승하는 건가? 급강하하는 건가? 기울어지는 건가? 알 수가 없다! 100미터 이상으로 올라갈 수가 없다. 할 수 없지! 아래로 조금 내려가보자.

지면에 닿을 듯 가까운 높이에서는 북풍이 흐른다. 좋아. 기체 밖으로 팔을 하나 내밀어본다. 마치 쾌속 보트에서 손가락을 뺄어 시원한 물을 가르며 노는 듯한 느낌이다.

유온 : 110도

수온 : 95도

강물처럼 시원한가? 비유하자면 그렇다. 기체가 약간 흔들리는 것이, 땅이 한 번 너울거릴 때마다 기체의 따귀를 때리는 느낌이다. 아무것도 보이지 않으니 정말 난감하다.

하지만 티메리스곶에 이르니 땅 위에서도 동풍이 분다. 더 이상 피할 곳이 없다. 고무 타는 냄새가 난다. 마그네토[*]인가? 아니면 연결부? 회전계 바늘이 멈칫하더니 10이 뚝 떨어진다. '아니, 너까지 이러기냐……'

수온 : 115도

---

[*] 엔진 점화 장치 등에 사용되는 자석 발전기.

단 10미터도 올라갈 수가 없다. 점프대처럼 불쑥 나타난 모래 언덕을 흘긋 쳐다본다. 압력계도 흘긋 쳐다본다. 이런! 모래언덕이 소용돌이친다. 조종간을 배에 바짝 붙여 조종해보지만, 이런 상태로는 오래 버틸 수 없다. 물이 가득 찬 사발을 든 것처럼 기체를 양손에 들고 균형을 잡으려 애쓰는 것 같다.

바퀴 아래로 10미터 떨어진 곳에서, 모리타니가 모래와 염전과 해변을 급히 풀어놓는다. 바닥에 깔린 자갈들이 마구 굴러가는 것 같다.

회전수(rpm) : 1,520

엔진 회전수가 처음으로 급격히 떨어진다. 마치 조종사를 주먹으로 내리치는 것 같다. 20킬로미터 떨어진 곳에 프랑스 기지가 하나 있다. 그곳 말고는 없다. 거기까지 가야 한다.

수온 : 120도

모래언덕과 바위와 염전이 빨려 들어간다. 모든 것이 압연기를 통과하는 것 같다. 이런! 주위가 넓어지고 트이다가 다시 좁아진다. 바퀴가 지면에 닿을락 말락 한다. 이러다 끝장날 것 같

다. 저기 빽빽하게 모여 있는 검은 바위들이 서서히 다가오는 듯
하다가 갑자기 솟아오른다. 바위 위로 추락하나 싶더니 바위들
이 흩어져버린다.

회전수 : 1,430

"이러다 박살나면……."
손가락에 닿은 금속판이 데일 듯 뜨겁다. 냉각기가 헐떡이듯
김을 내뿜는다. 짐을 너무 많이 실은 배처럼 비행기가 무겁다.

회전수 : 1,400

바퀴 아래로 20센티미터 떨어진 곳에서 가장 가까이 있는 모
래들이 수선스레 튀어 오른다. 삽질로 재빠르게 퍼 올리는 것
같다. 황금을 퍼 올리는 삽질. 모래언덕을 넘으니 기지가 모습
을 드러낸다. 아! 베르니스는 엔진을 끈다. 하마터면 큰일 날 뻔
했다.
기세 좋게 움직이던 풍경이 느려지다 정지한다. 먼지로 뒤덮
인 세계가 다시 만들어진다.
사하라 사막에 있는 프랑스군 초소. 나이 지긋한 중사가 베르

니스를 맞이하며 형제를 만난 듯 환하게 웃었다. 세네갈 병사 스무 명이 그에게 받들어총 자세를 취했다. 여기 오는 백인은 적어도 중사, 더 젊은 사람이면 중위니까.

"안녕하십니까, 중사님!"

"반갑습니다! 나는 튀니스에서 왔습니다……."

중사는 자신의 어린 시절과 추억과 속마음, 그 모든 것을 한꺼번에 베르니스에게 털어놓았다.

작은 테이블이 하나 있고, 벽에는 사진 몇 장이 핀으로 꽂혀 있었다.

"아, 친척들 사진입니다. 잘 모르는 분도 있지요. 하지만 내년에 튀니스로 갈 겁니다. 저 사진 말입니까? 내 친구의 애인입니다. 그 녀석 테이블에 항상 있던 사진입니다. 허구한 날 애인 얘기를 했었는데. 친구가 죽어서, 내가 저 사진을 가져와 계속 보관하는 겁니다. 난 애인이 없었거든요."

"중사님, 저 목이 좀 마른데요."

"아, 드십시오! 와인을 대접해 기쁘군요. 대위님이 왔을 때는 와인이 떨어졌었거든요. 그게 벌써 다섯 달 전입니다. 그다음에는, 오랫동안 우울했지요. 전속시켜 달라고 편지까지 썼으니까요. 정말 망신스러운 일이었습니다."

"무얼 하고 지내냐고요? 밤마다 편지를 씁니다. 잠은 잘 안 자요, 초도 있고요. 하지만 우편기가 6개월에 한 번씩 이곳에 오니, 그렇게 쓴 편지들은 답장이라 할 수가 없어요. 그러면 다시 쓰는 거죠."

베르니스는 나이 든 중사와 담배를 피우러 초소 옥상으로 올라갔다. 달빛이 비치는 사막은 얼마나 공허한지. 중사는 이 초소에서 무엇을 감시할까? 아마도 별들을, 아마도 달을 감시하겠지…….

"별들의 중사님이시군요?"

"사양 말고 피우세요. 담배는 많으니까. 대위님이 왔을 때는 담배도 떨어졌었습니다."

베르니스는 이곳의 중위와 대위에 관해 모든 것을 알게 되었다. 그들의 유일한 단점 혹은 유일한 장점까지 말할 수 있을 정도였다. 한 사람은 도박을 좋아했고, 다른 사람은 바보스러울 만큼 착했다. 또 사막 한가운데서 외로이 지내는 나이 든 중사에게 최근에 젊은 중위가 찾아왔던 일은, 중사에게는 거의 사랑에 가까운 추억이라는 사실도 알게 되었다.

"중위님이 별들에 대해 설명해줬지요……."

"그렇군요. 중사님에게 별들을 맡긴 거네요."

베르니스가 말했다.

이제는 베르니스가 별들을 설명할 차례였다. 거리에 관한 이야기를 들으면서 중사는 튀니스가 너무 멀리 있다고 생각했다. 북극성 이야기를 들을 때는 북극성의 모습을 알아볼 수 있을 거라 장담하면서, 약간 왼쪽에서 찾아보기만 하면 되겠다고 했다. 그러면서 이제 튀니스가 너무 가까이 있다고 생각했다.

"그리고 우리는 저 별들을 향해 어지러울 정도로 빠르게 떨어지는 거고요……."

때마침 중사가 어지러운 듯 벽을 붙잡았다.

"그러고 보니 모르는 게 없군요!"

"그럴 리가요, 중사님. 어떤 중사님은 저한테 그렇게 좋은 집안에서 잘 자란 사람이 뒤로돌아 자세 하나 할 줄 모르니 부끄럽지 않느냐고 했는데요."

"아니! 부끄러워할 일은 아니지요, 그 자세는 정말 어렵잖습니까……."

중사가 베르니스를 위로해주었다.

"중사님! 저기 중사님의 순찰용 등불이……."

베르니스가 달을 가리켰다.

"중사님, 이 노래 아십니까?"

비가 내리네, 비가 내리네, 양치기 소녀여……

베르니스가 노래를 흥얼거렸다.

"아! 네, 그 노래 알죠. 튀니스 노래잖아요……."
"중사님, 그다음이 뭔지 알려주세요. 떠올려보게요."
"잠깐만요."

흰 양 떼를 데려가렴
저기 저 초막집으로……

"이제 생각나네요, 중사님."

나뭇가지 아래서 들어보렴
세차게 흐르는 물소리를,
벌써 폭풍이 오고 있구나……

"아, 맞아, 그겁니다!"
중사가 말했다.
그들은 마음으로 통하고 있었다…….
"날이 밝아오네요, 중사님. 이제 일을 시작해야죠."
"그럽시다."
"점화 플러그 스패너 좀 주세요."
"아! 물론 드려야죠."

“펜치로 여기 좀 눌러주십시오.”

“아! 말씀만 하십시오…… 다 해드릴 테니.”

“보시다시피 별것 아니었습니다, 중사님. 저는 이제 출발하겠습니다.”

중사는 어디선가 왔다가 다시 날아가려 하는 젊은 신을 가만히 바라보았다.

……중사에게 노래 한 곡과 튀니스와 그 자신을 잊지 않게 해주려고 찾아온 신을. 저 사막 너머 어느 천국에서 저렇게 아름다운 전령들이 소리도 없이 내려오는 걸까?

“안녕히 계십시오, 중사님!”

“안녕히…….”

중사는 자신이 무슨 말을 하려는지도 모르는 채 무의식적으로 입술을 달싹거렸다. 다음 우편기가 올 때까지 여섯 달 동안의 사랑을 마음에 품고 있다는 말은 차마 할 수 없었을 것이다.

7

—여기는 세네갈 생루이. 포르테티엔에 알림. 우편기가 생루이에 도착하지 않음. 긴급히 소식 주기 바람.

—여기는 포르테티엔. 생루이에 알림. 어제 16시 45분 출발 이후 소식 없음. 즉시 수색하겠음.

—여기는 세네갈의 생루이. 포르테티엔에 알림. 632호기가 7시 25분 생루이를 떠남. 이 비행기가 포르테티엔에 도착할 때까지 수색기 출발을 보류 바람.

—여기는 포르테티엔. 생루이에 알림. 632호기가 13시 40분

무사히 도착. 조종사는 시계(視界)가 충분함에도 아무것도 보이지 않았다고 보고함. 조종사에 따르면 우편기가 정상적인 경로에 있었다면 발견했을 것이라고 함. 자세한 수색을 위해 세 번째 조종사가 필요함.

—여기는 생루이. 포르테티엔에 알림. 알겠음. 명령을 내리겠음.

—여기는 생루이. 쥐비에 알림. 프랑스발 아메리카행 우편기에서 소식 없음. 포르테티엔 쪽으로 속히 내려가기 바람.

쥐비.

정비공 한 사람이 내게 와서 말한다.

"물은 앞쪽 왼편에, 음식은 오른편에, 그리고 뒤쪽에는 예비 바퀴랑 약상자를 둘게요. 10분이면 준비됩니다. 그럼 되겠지요?"

"좋아요."

나는 메모장에 몇 가지 지시사항을 적는다.

'내가 없는 동안 매일 일지를 작성할 것. 무어인들 급여는 월

요일에 지불할 것. 빈 통들은 범선에 실을 것.'

그리고 창틀에 팔꿈치를 괴고 내다본다. 한 달에 한 번씩 우리에게 민물을 공급하는 범선이 바다 위에서 가볍게 흔들리고 있다. 마음에 드는 풍경이다. 범선은 나의 온 사막에 조금이나마 가슴 떨리는 활기와 신선함을 가져다준다. 나는 비둘기가 찾아온 방주 안 노아 같은 기분이다.
수색을 위한 비행 준비가 끝났다.

—여기는 쥐비. 포르테티엔에 알림. 236호기가 14시 20분 포르테티엔으로 출발.

카라반이 지나다니는 길에서는 해골들이 표지판이 되고, 우리가 다니는 항로는 비행기 몇 대로 표시된다.
'보자도르*에 있는 비행기까지 아직 한 시간 남았다……'
무어인들에게 약탈당한 비행기의 잔해들. 그것들이 바로 우리의 표지판이다.
모래 위로 1천 킬로미터를 날아가면 포르테티엔이다. 사막에

---

* 사하라 사막 서북부에 자리한 곳.

서 있는 건물 네 채가 그곳에 있다.

"어서 오게, 기다리고 있었네. 낮 시간을 활용해야 하니 지금 바로 출발하지. 한 대는 해안선을 따라가고, 다른 한 대는 내륙 쪽으로 20킬로미터 떨어져서, 나머지 한 대는 50킬로미터 떨어져서 가보자고. 밤이 되면 초소에 착륙했다 가지. 비행기를 갈아 탈 건가?"

"그래야겠네. 밸브가 시원찮아."

비행기를 갈아탄다.

출발.

아무것도 아니었다. 그냥 시커먼 바위일 뿐이었다. 나는 계속 해서 이 사막을 압연기로 밀어 펴듯 샅샅이 수색한다. 검은 점을 발견할 때마다 괴롭다. 하지만 모래가 내게 굴려 보내는 것은 시커먼 바위일 뿐이다.

이제 동료들이 보이지 않는다. 그들은 그들 몫의 하늘에 자리 잡고 있다. 매와 같은 인내심을 가지고. 바다가 더는 보이지 않는다. 뜨겁게 달아오른 용광로에 앉아 비행하는 것 같은 내게, 살아 있는 것이라고는 아무것도 보이지 않는다. 심장이 쿵쾅거린다. 저 멀리 보이는 잔해는……

시커먼 바위다.

요란하게 흘러가는 강물처럼 엔진이 우르릉댄다. 흐르는 이 강물이 나를 에워싸 지치게 만든다.

베르니스, 나는 자네가 알 수 없는 희망에 빠져 있는 모습을 자주 보았지. 그걸 뭐라고 표현해야 할지 모르겠네. 자네가 좋아하던 니체의 말이 떠오른다.

'뜨겁고, 짧고, 우울하면서도 지극히 행복한 나의 여름.'

너무 오래 살폈더니 눈이 피곤하다. 검은 점들이 춤을 춘다. 더는 내가 어디로 가는지도 모르겠다.

"그러면, 중사님, 베르니스를 본 겁니까?"

"새벽녘에 이륙했습니다……."

우리는 초소 바깥벽에 기대어 앉는다. 세네갈 병사들이 웃고 있고, 중사는 생각에 잠겨 있다. 황혼이 눈부시다. 하지만 무슨 소용인가.

우리 중 한 사람이 두려움을 무릅쓰고 입을 연다.

"비행기가 다 부서졌다면…… 알겠지만…… 찾기는 거의 불가능해!"

"물론 그렇지."

우리 중 하나가 일어나 몇 걸음 옮기며 말한다.

"상황이 좋지 않군. 담배 피우겠나?"

우리는 밤 속으로 들어간다. 짐승도, 사람도 그리고 사물들도.

우리는 담뱃불 아래서 밤 속으로 들어가고, 세상은 자신의 진정한 차원을 되찾는다. 포르테티엔으로 향하는 동안 카라반은 점점 나이를 먹는다. 세네갈의 생루이는 꿈의 끝자락만큼 멀리 있다. 이 사막은 조금 전까지만 해도 신비로울 것 하나 없는 모래밭에 지나지 않았다. 몇 걸음만 가면 저 멀리 마을들이 보였고, 인내와 침묵과 고독으로 자신을 무장한 중사는 그러한 미덕이 헛되다고 느꼈다. 그런데 하이에나 한 마리가 울부짖자 모래가 생기를 찾는다. 그 외마디 부르짖음이 다시 신비로움을 만들어내고, 무언가가 태어나고, 사라지고, 다시 시작된다…….

하지만 별들은 우리가 진정한 거리를 잴 수 있게 해준다. 평온한 삶, 충실한 사랑, 우리가 지극히 사랑한다고 믿는 애인. 이런 것들의 위치를 북극성이 우리에게 다시금 알려준다…….

그리고 남십자성은 보물이 있는 위치를 알려준다.

새벽 3시쯤, 우리가 덮은 모직 담요가 얇고 투명해진다. 달이거는 마법이다. 나는 얼어붙을 듯 추워 잠에서 깬다. 담배를 피우러 초소 옥상으로 올라간다. 한 개비…… 한 개비…… 이렇게 나는 새벽을 맞이하겠지.

달빛이 비치는 이 작은 초소는 물결이 잔잔한 항구 같다. 항해자를 위해 별들이 가득 모여 움직인다. 우리 비행기 세 대의 나침반은 담담하게 북쪽을 가리키고 있다. 그런데…….

자네가 현실 세계에 마지막으로 남긴 발자국이 여기에 있는 걸까? 지각할 수 있는 세계는 여기서 끝난다. 이 작은 초소, 이곳은 하나의 부두다. 저 환한 달빛을 향하고 있는 문턱이다. 이곳 너머에서는 어느 것도 현실이 아니다.

밤은 경이롭다. 자크 베르니스, 자네는 어디에 있을까? 혹시 여기에? 아니면 혹시 저기에? 자네의 존재가 벌써 이렇게 가벼워진 것인가! 나를 둘러싼 이 사하라 사막은 여기저기 뛰어다니는 영양 한 마리를 산신히 떠받칠 수 있을 뿐이고, 가장 무거운 모래 너울 안에 가벼운 아이 하나를 가까스로 지탱할 수 있을 뿐이다.

중사가 옥상으로 올라와 내게 다가온다.

"여기 계셨군요."

"네, 중사님."

그는 귀를 기울인다. 아무 소리도 들리지 않는다. 침묵뿐이다. 베르니스, 자네의 침묵이 만든 침묵이야.

"담배 드릴까요?"

“네, 좋습니다.”

중사가 자기 담배를 잘근잘근 씹는다.

“중사님, 저는 내일 꼭 동료를 찾아낼 겁니다. 중사님은 그 친구가 어디 있을 거라고 생각하십니까?”

중사가 확신에 찬 손짓으로 지평선 전체를 가리킨다…….

잃어버린 아이 하나가 사막을 가득 채우고 있다.

베르니스, 자네는 언젠가 내게 이렇게 털어놓았지.

“나는 내가 완벽히 이해하지 못하는 삶, 완전히 충실하지는 않은 삶이 좋았어. 나는 내가 무얼 필요로 하는지조차 잘 몰랐어. 그건 그저 가벼운 갈망이었으니까…….”

베르니스, 또 언젠가는 이렇게 털어놓았지.

“내가 짐작했던 것들은 모두 사물의 이면에 숨겨져 있었네. 조금만 애쓰면 마침내 이해하고 알아내고 끄집어낼 수 있을 것 같았지. 하지만 내가 결코 밖으로 끄집어낼 수 없었던 그 친구의 존재 때문에 나는 혼란스럽네.”

어디선가 배 한 척이 전복되는 것 같다. 아이 하나가 울음을 그치고 진정되는 것 같다. 가볍게 흔들리던 돛과 돛대와 희망이 바닷속으로 가라앉는 것 같다.

새벽. 무어인들의 목쉰 고함이 들린다. 그들이 타고 온 낙타들은 지쳐서 모랫바닥에 주저앉아 있다. 소총 300자루를 지닌 무장 도적단이 북쪽에서 내려와 동쪽을 기습 공격하고 카라반을 학살했다고 한다.

도적단이 있는 쪽을 살펴보면 어떨까?

"그럼 부채꼴로, 알겠지? 가운데 비행기는 정동(正東)으로 가고……."

시문*. 고도 50미터부터는 그 바람이 우리를 흡입기처럼 빨아들일 것이다.

나이 동료여…….

그래, 여기에 진정한 보물이 있었구나. 자네가 찾아낸 게야!

이 모래언덕 위에, 두 팔을 좌우로 쭉 뻗고 얼굴은 저 짙푸른 만을 향한 채로, 별들의 마을을 향한 채로 누워 있던 너. 그날 밤 자네는 너무나도 가벼운 존재였지…….

남쪽을 향해 날아가면서 자네가 얼마나 많은 닻줄을 풀어버렸는지. 베르니스, 그때 이미 공기처럼 가벼워진 자네는 친구 하나 말고는 가진 게 없더구나. 거미줄 한 가닥이 너를 간신히 묶

---

* 북아프리카와 중동의 사막 지역에서 부는 뜨겁고 강력한 바람.

어두고 있었지…….

그날 밤 자네의 몸은 더 가벼워졌어. 자네는 어지러움을 느꼈지. 자네 머리 위 수직으로 뜬 별에 가치로운 보물이 들어 있었어. 그리고 사라져버렸지!

내 우정의 거미줄이 자네를 간신히 묶어두고 있었지만, 나는 충실하지 못한 양치기라 잠이 들어버렸던 모양이야.

─여기는 세네갈 생루이. 툴루즈에 알림. 프랑스발 아메리카행 우편기를 티메리스 동쪽에서 발견. 근방에 있던 무장세력은 떠났음. 조종사 피살, 기체 파손, 우편물 무사. 다카르로 운송.

8

―여기는 다카르. 툴루즈에 알림. 우편물 다카르에 무사히 도
착함. 이상.

1900년   6월 29일 프랑스 중부 도시인 리옹에서 귀족 출신인 장 드
        생텍쥐페리 백작의 2남 3녀 중 차남으로 태어난다.

1912년   앙베리외 비행장에서 조종사 베드린에게 이끌려 처음으로
        비행기를 탄다. 그 경험을 바탕으로 시를 쓰기도 한다.

1917년   학교 기숙사에서 함께 지내던 동생 프랑수아가 사망한다.
        프랑수아의 사망은 『어린 왕자(Le Petit Prince)』의 비극과
        관련한 모티프가 되었다.

1921년   4월에 군에 입대하고 군용기 조종사 자격을 취득한다.

1925년   파리에 들를 때마다 이모 집에 머물면서 앙드레 지드, 장 프
        레보와 친분을 맺는다.

1926년   장 프레보의 주선으로 잡지 『나비르 다르장(Le Navire

d'Argent)』에『남방 우편기(Courrier Sud)』의 초고에 해당하는 단편소설「비행사(L'Aviateur)」를 발표한다. 그리고 라테코에르 항공사에 취직하며 조종사 일에 몰두한다.

1929년　　『남방 우편기』를 발표한다. 아르헨티나 항공우편 회사의 과장으로 부임하면서 메르모즈, 기요메 등과 근무한다.

1930년　　민간항공 부문에서 공로 훈장을 받는다. 그해 6월 가장 친한 동료인 기요메가 안데스산맥 횡단 중 행방불명된다. 생텍쥐페리는 닷새 동안 기요메 수색에 나섰으나 실패하고 만다. 얼마 후 기요메가 자신의 힘으로 살아 돌아온다.

1931년　　앙드레 지드의 서문이 실린『야간 비행(Vol de nuit)』이 출간된다. 12월에『야간 비행』으로 페미나 상을 수상하여 여러 나라 언어로 번역 출간되고 영화로도 만들어진다.

1932년　　라테코에르 항공사에 재입사한다. 시험 비행사로 근무하던 중 생라파엘 만 부근에서 추락 사고를 당한다.

1934년　　'에어프랑스'에 입사하여 홍보실에서 근무한다.『남방 우편기』가 영화화되고 자신이 직접 비행사로 출연한다.

1935년　　12월에 파리-사이공 간 비행시간 신기록 달성을 위해 프레보와 함께 '시문기'에 탑승하여 공항을 출발했으나 리비아 사막에 불시착한다.

1936년　　불시착 후 닷새 만에 베두인 카라반에 의해 구출되어 알

렉산드리아를 거쳐 귀국한다. 8월에 『파리 수와르』의 특파원으로 스페인 내란을 취재 보도한다. 그리고 『성채(Citadelle)』를 집필하기 시작한다.

1939년   파리로 돌아와 『인간의 대지』를 출간한다. 5월에 국민훈장 받고, 6월에 『인간의 대지』로 아카데미프랑세즈의 소설대상을 수상한다. 이 소설은 곧 영화화되고 뉴욕에서 출간되어 베스트셀러가 된다. 9월에 제2차 세계대전의 발발로 33비행정찰대에 배속된다.

1940년   6월 독불 휴전으로 징집해제와 함께 마르세유로 돌아온다. 『성채』의 집필을 계속한다.

1941년   뉴욕으로 건너가 33비행정찰대 경험을 바탕으로 『전시 조종사』를 집필한다.

1942년   『전시 조종사』를 영역(英譯)하여 미국에서 출간했고, 이후 베스트셀러가 된다. 프랑스에서도 출간되었으나 독일 점령 당시 당국에 의해 발매 금지 처분을 받는다.

1943년   4월에 『어린 왕자』를 출간한다. 같은 해 제2의 33비행정찰대에 편입되고, 6월에 소령으로 진급한다. 론강 상공 비행 정찰 후 대기명령을 받아 중형 폭격기 중대에 배속된다. 『성채』의 집필을 계속한다.

1944년   7월 31일 오전 8시 반, 여섯 시간 분의 연료를 채우고 그르노블과 안느시로 정찰비행에 나섰다가 실종된다.

지은이 **앙투안 드 생텍쥐페리** Antoine de Saint-Exupéry

1900년 프랑스 리옹에서 태어났으며 파리 예술 대학에서 건축학을 공부했다. 1921년 공군에 입대해 조종사 면허를 땄고, 라테코에르 항공사에 들어가 아프리카, 대서양 및 남아메리카를 통과하는 우편비행을 담당했다. 1930년대에는 에어프랑스의 홍보담당 기자로 일했다. 1939년 육군 정찰기 조종사가 되었으며, 1943년 연합군에 합류, 1944년 7월 31일 프랑스 남부 해안을 정찰비행하다 행방불명되었다. 대표작으로는 『남방 우편기』 『야간 비행』 『인간의 대지』 『전시 조종사』 『어린 왕자』 등이 있다.

옮긴이 **김지현**

이화여자대학교 불어불문학과를 졸업하고 여행 및 문화 예술 콘텐츠 제공업체에서 취재기자 겸 에디터로 근무하며 도서 기획과 출판 업무를 담당했다. 그 후 홍보 컨설팅 회사에서 글로벌 기업들의 국내 홍보 프로젝트를 담당하며 번역 및 언론 홍보를 맡아 진행했다. 현재 번역 에이전시 엔터스코리아에서 불어 및 영어 번역가로 활동 중이다. 주요 역서로는 『이상한 나라의 앨리스 아트북』 『브랜드 일러스트북 디올』 『메르켈: 세계를 화해시킨 글로벌 무티』 『우리는 어쩌다 혼자가 되었을까?』 『두부 Cook Book』, 『디자이너가 꼭 알아야 할 그래픽 500』 등이 있다.

남방 우편기

초판 1쇄 인쇄 2025년 11월 15일
초판 1쇄 발행 2025년 11월 31일

지은이 | 앙투안 드 생텍쥐페리

옮긴이 | 김지현

편집 | 이수현

펴낸이 | 김지유

펴낸곳 | 페리버튼

등록 | 제2023-000012호

주소 | 04031 서울시 마포구 양화로15안길 19, 2층

전화 | 070-8800-4157

팩스 | 050-8924-4157

전자우편 | peributton@naver.com

블로그 | blog.naver.com/peributton

인스타그램 | peributton

ISBN 979-11-981919-7-7